雪候鸟

包利民 著

在心里种花，人生才不会荒芜

包利民散文精选集

华中科技大学出版社
http://press.hust.edu.cn
中国·武汉

图书在版编目(CIP)数据

在心里种花，人生才不会荒芜 / 包利民著. -- 武汉 : 华中科技大学出版社, 2025. 4. -- (雪候鸟). -- ISBN 978-7-5772-1621-8

Ⅰ. I267

中国国家版本馆CIP数据核字第20253XC940号

在心里种花，人生才不会荒芜
Zai Xin li Zhong Hua, Rensheng cai bu Hui Huangwu

包利民　著

策划编辑：娄志敏
责任编辑：娄志敏
封面设计：琥珀视觉
责任校对：刘　竣
责任监印：朱　玢

出版发行：	华中科技大学出版社（中国·武汉）	电话：	（027）81321913
	武汉市东湖新技术开发区华工科技园	邮编：	430223

印　　刷：湖北新华印务有限公司
开　　本：880mm×1230mm　　1/32
印　　张：7.5
字　　数：146千字
版　　次：2025年4月第1版第1次印刷
定　　价：39.80元

本书若有印装质量问题，请向出版社营销中心调换
全国免费服务热线：400-6679-118　竭诚为您服务
版权所有　侵权必究

目录
Contents

第一辑 | 你知道风的美丽吗？

多少旧日的情怀，在记忆里鲜活着，仿佛那些落在草丛里的星星，幽幽地闪烁着动人的光，点亮生命中所有的美好。

002 —— 一尾鱼跃出水面
006 —— 你知道风的美丽吗？
010 —— 记得西风牵客袍
013 —— 秋夜
016 —— 落在草丛里的星星
020 —— 栖在树上的鱼
023 —— 生命中的那些遇见
028 —— 光阴深处的暖
031 —— 夜里来过的雨
034 —— 镜中花开
037 —— 岁月的谜题
040 —— 一瞬的美好

折折叠叠的旧光阴

小小少年的思念和流连,在光阴里荡漾成回首时的葱茏,即使时过境迁,依然是最美的心灵家园。

046 — 火车不够快

049 — 阳光下的绿蜻蜓

052 — 夜归人

054 — 传说并不遥远

057 — 蜡烛开花

060 — 满溪流水香

064 — 曾逐北风细细开

067 — 晨光的翼翅

071 — 三米目光

076 — 旧字

079 — 花的雨

082 — 只属于一个人的小名儿

085 — 长沟流月去无声

第二辑 | 你的微笑，我的流年

有一些情感，从不会随岁月的流逝而消散，而是蕴敛成时光深处的琥珀，永远生动着一双回望的眼睛，浸润着一颗清澈的心。

090 —— 与父亲同行

093 —— 幸运的生活

097 —— 微风吹动花朵

101 —— 对岸的温暖是我的天堂

105 —— 借花

109 —— 最难忘的第一次

112 —— 冰冷里的微笑

115 —— 我的童年，你的手心

118 —— 你的微笑，我的流年

123 —— 你还记得那句话吗？

127 —— 很抱歉，我还活着

130 —— 信封里的秘密

135 —— 一个母亲的时间表

第四辑 | 人生有梦不觉寒

有一种美,是坚守自己的初心,是与自己的心灵相依,是一个人的清欢,是刻进生命里的那片风景,是一生也忘不了的真情。

140 —— 天上的大海

144 —— 惊残好梦无寻处

148 —— 午夜的阳台

151 —— 闻钟

155 —— 虫唱

158 —— 低回

162 —— 惊秋

165 —— 相望冷

169 —— 人生有梦不觉寒

171 —— 温暖的"噪音"

174 —— 微笑的鸭子

178 —— 在疼痛里开花

第五辑 在心里种花，人生才不会荒芜

听闲花落地，听雨润万物，听满世界开门的声音，路过这个人间，便学会珍惜途中所有的遇见，采撷遇见的所有感动。

184 —— 听雨落下的声音

187 —— 世间的道理

190 —— 空山采蘑亦采心

194 —— 谁剥落了我心上的茧壳

198 —— 蚁如云

202 —— 一堵墙对另一堵墙说什么

206 —— 开门的声音

211 —— 暗里忽惊山鸟啼

214 —— 半幅

217 —— 七岁的四次眼泪

220 —— 最暖的痕

223 —— 岁月的书签

226 —— 去不了的远方

第一辑
你知道风的美丽吗？

多少旧日的情怀，在记忆里鲜活着，仿佛那些落在草丛里的星星，幽幽地闪烁着动人的光，点亮生命中所有的美好。

一尾鱼跃出水面

秋天未深，村南的大草甸上便热闹起来，不只那些忙着秋收冬藏的小动物们，人们也开始了忙碌。在临近松花江大堤处的甸子上，人们挥舞的钐刀在阳光下闪着雪亮的光，高高的细草便成片倒下。中空的苫房草，金黄金黄的，满是阳光的味道。

那时我和叔叔也在打草，每天晚上，都住在用草搭起的小窝棚里。躺在柔软的干草上，听着外面风吹过茂草的簌簌声，听着无边的蛙鸣起落，便有一种身在天地间的遥远感。月光照耀的夜里，睡不着的时候，我会和叔叔爬上大坝，看江水闪着银亮亮的光缓缓流淌，而这个时候，吸引我们目光的，却是江边浅水处那些"迷魂阵"。

迷魂阵，是一种下在岸边的渔网，一圈圈绕在水里，像迷宫一样。通常也会在网圈住的范围内放上诱鱼的饵，鱼游进来，便极难再找到出去的路。我们远远地观望，可以看到迷魂阵里偶尔翻起的浪花儿，便知有鱼正在里面寻路。虽然有时也会有幸运的能跑出去，却是极少极少。为了一时的美食，等待它们的命运，却是成为别人口中的美食。

有一个晚上，正看着迷魂阵里的动静，忽然，只听得水声轻微一响，一尾鱼从迷魂阵里跃出水面。有半尺多长，那一瞬间，能清晰地看见它在月光下的鳞光和甩落的水珠。它在水面上方一尺多高处，身体扭动一下，便落向了外一层。我看过去，那露出水面的渔网有五六层，不知那尾善跃的鱼能否就此逃出生天。

又等了几分钟，果然，那尾鱼又哗然跃起，再度突破了一层屏障。它落进水里，可以看见它在不停地向前冲撞，遇到渔网的阻挡，便快速游动，然后倏然跃起。它就这样接连跳跃，最后一层网终于出现在前面。那最后一道拦网，比里面的几层要更高些，那鱼跃了一次，竟是撞到网上，重跌回网内。

看它要逃跑，我问叔叔，要不要把它捞回来。叔叔告诉我，在江边下圈网捕鱼的人，遇到这样的鱼，都会等着它，如果它跳出去了，就任它去，剩下的才捞回去。那时的人们捕鱼，像这种下迷魂阵的，都会给出足够长的时间让鱼逃走。而且，在我的记忆里，那时的一些手工操作的渔网，网眼都极大，一些小的鱼根本网不住，而如今的渔网，网眼极细，几乎连鱼苗都能一网打尽。那时的人，心里还是有着底线的，或者说，有着敬畏之心。

那尾鱼又跳了一次，依然没有成功。我屏住呼吸，似乎在为它鼓着劲儿。良久，那一处水面依旧很静，不知它是累了，还是放弃了。终于，水花翻涌，它又跃起，我的心也跟着提起，可是，它依然没能跃过那道高网，随着它的跌落，我的心也落入深谷。又等了许久，夜已极深，可是心里还是有着希望，便又等了一会儿，那一处水面依旧寂然。

月亮已经偏西，我和叔叔对望了一眼，都看到了彼此眼里的失落。于是转身，不再去看迷魂阵，准备回去睡觉。这个时候，水声一响，虽然很轻微，却似滔天之声入耳。我们豁然回头。依然是那尾鱼，它高高跃起，超过那道网许多，在空中它身躯扭动，轻巧地越过拦网，随着水花溅起，消失在茫茫江水中。

忽然释然，就像心随着那尾鱼在江水中自由而去。回到窝棚里躺下，却久久难眠，在盈耳的风声草声蛙声中，那尾鱼总是在我眼前跳跃，身上闪着迷人的光泽。多年以后，偶尔会在梦里出现它的身影，在夜空下，在月光下，扭动着画出一道美丽的曲线。

许多光阴如江水般消逝，大草甸上的时光已遥远如隔世，在山重水复之外，故乡千里，我劳碌于陌生的都市。少年时的情怀早已寻不见，或者早已遗失在风尘里，有时连自己都不知道追寻的是什么，就那么茫然奔走，带着一颗日渐麻木的心。

一个初秋，我在野外散步，在一个小小的湖前，看着水波荡漾，心不知放逐在何处。忽然，水声一响，抬眼望去，一尾鱼正跃出水面，在午后的阳光下，扭动的身躯闪着白花花的光。那一瞬间，所有的往事都在心底苏醒，仿佛仍置身于月光下的松花江畔,看着那尾在迷魂阵里跳跃的鱼。

心中有什么东西忽然破碎了。想来,我多么像那些游进迷魂阵里的鱼,为了一点食物而来,却困囿其中,再也寻不到出路。想想当初那尾不屈服的鱼,心下悸然,也忽然明白,太多的时候,我们为了心中的欲望而奔走,所以常常误入迷魂阵。其实,迷魂阵一直都在那里,只要你心中的目标和梦想高于欲望,便天高海阔,没有什么能困住有高度的人生!

你知道风的美丽吗？

那是一个东风涌动的春日周末，我们去语文老师家里玩。语文老师姓于，那时她可能是三十岁左右，很热情，我们都喜欢上她的课。休假时，她经常邀我们去她家里，或者聊天说笑，或者给我们讲名著和古诗词。

那个院子里，洒落的阳光被风吹得四散飞扬，一棵很小的樱桃树正开着花，十几个初中生，一个年轻的老师，低矮的院墙围不住满溢的欢声笑语。这时一阵长长的风从樱桃树梢上掠过，于老师忽然问我们："你们知道风的美丽吗？"

我们全都怔住了，然后有反应快的同学看着满树的花朵说："风吹开了花儿，所以美丽。"我们都受到了启发，有个喜欢《红楼梦》的女生说："好风凭借力，送我上青云。风能让柳絮漫天飞舞，所以是美丽的。"有同学说："忽如一夜春风来，千树万树梨花开。风带来了雪花，它是美丽的！"一时之间，大家思绪如泉涌，努力去想象那些风带来的美好，于是"风花雪月"之声不绝于耳。

于老师微笑倾听着，等我们说得差不多了，她才说："你们想象的都很好，美丽的风带来许多美丽的事物，那么，咱们做个游戏，还是说风，比如我们总说一阵风，可不可以换个量词？你们试一下，看谁说得最好！"

这个更引起了我们的兴趣，有同学便抢着说一场风、一缕风、一夜风、一片风，等等。把眼前的说得差不多了，那个喜欢《红楼梦》的女生说："一剪风。王安石有句诗，剪剪轻风阵阵寒。"一个男生说："一江风。"大家的思路便都被打开了，七嘴八舌，一船风、一屋风、一帆风、一树风，等等。甚至有同学说一朵风，初听不合情理，细品之下，却觉得诗意盎然。这时，一个一直沉默的小女生怯怯地说："一滴风。"

一朵风尚可理解，一滴风却是怎么回事？于老师也问："一滴风，很特别，你能说说吗？"小女生红着脸说："有时候站在风中，就觉得好像有一滴进到了眼睛里，就会淌眼泪。"我们想象了一下那个场景，觉得很贴切，也很传神。老师表扬了她，她低着头浅浅地笑。

老师告诉我们，写作文描写景物的时候，也要这样放开思路才好，把想象力发挥出来，写出来的东西就会很生动有诗意。我们越发觉得有趣，便让老师继续给我们出类似的题目，这可比课堂上那些干巴巴的东西有意思多了。于老师笑着说："一开始我问你们知道风的美丽吗？通过前两次的问题，你们可能已经有些明白风的美丽了。下面咱们再进一步，风是无形无色的，可我们却都知道它的存在，那么，你们能不能用最美好的想象来说一下是怎么知道风的到来的呢？比如说，看到满树的叶子在动，就知道风来了！"

这个似乎容易一些，可是要用美好的想象来说，就有些难了。满天的飞花飞絮、翻飞的裙裾、律动的旗帜、飘扬的长发、河面上漾起的波纹、白云下飘着的风筝……我们把那些在风中的美好事物，一一翻寻出来，然后又都陷入了沉默。那个喜欢《红楼梦》的女生忽然站起来，声情并茂，就像在朗诵："寂静的夜里，我听见窗外的树林里响起沙沙的声音，就知道，风的脚步正在悄悄地走过来！"

她的描绘仿佛为我们打开了一扇门，大家便又都活跃起来。

"我站在万籁俱寂的旷野上，忽然，有悠扬的笛声断断续续地飘过来，我知道，是长长的风把那美好的声音送过来的！"

"那个停电的夏夜，我在敞开的窗前点燃了一支蜡烛，静静地凝视那一簇小小的火焰。忽然，火焰轻微地颤抖起来，烛光中的那些影子也在悄悄地摇动。我知道，是一缕细细的风，让我们都灵动起来。"

于老师满脸的笑意，看着和课堂上状态完全不一样的我们。听着大家的描述，我感觉自己的心里打开了一扇又一扇的门。于是我也举手站起来，说："走出门，路边树上的叶子一动不动，我放开脚步向前奔跑，顿时感觉脸上一片凉爽，我知道，在我跑起来的时候，风也就迎面而来了！"

我一说完，于老师就鼓起掌来，说："这个好，这里蕴含了一个道理，没有风的时候，我们也可以让风来。也就是说，只要奔跑起来，就会有风！"

最后，那个沉默的小女生也站了起来，她说："我站在高高的坡顶上，望着家乡的方向，忽然就流出眼泪来，我知道是风来了，它从故乡飞过来看我，落进了我的眼睛里……"这个女生是后转来我们班的，她家是从遥远的地方搬来我们县城的。

于老师没有鼓掌，而是深情地对我们说："我觉得这是最美丽的描述，为什么呢？因为这里面饱含着一种情感，就是思乡之情。把没有情感的风赋予了一种情感，这是最美好的意象。如果这样写作文，就会是最优秀的作文。"

说实话，当时我并没有觉得这句有多好，那个小女生说来说去，总是离不开最初说的一滴风。可是多年后的一个春天，当我登上高高的山顶，看着故乡的方向，隔着那么多的山山水水，往事如潮翻涌。忽然淌下泪来，我知道风来了，也知道风中并没有沙。

终于明白，在所有的风中，让我落泪的那一阵、那一缕、那一滴，才是最美丽的。

记得西风牵客袍

闻秋虫而起乡思,望秋月而起乡思,感秋风而起乡思,好像秋天的种种都会唤醒心底的乡愁,从而生长出无边无际无远不至的思念。游子的脚步,总是在异乡的土地上撩拨起那份牵挂,在一个萧瑟而丰盈的季节里,那些情感便在心底堆积成许多幸福的回忆。

离开生长的那个村庄时,我才刚刚十四岁,家搬进县城。思乡之情,也是从离别的那一刻开始萌生涌动。只是我从没想过,这份思念一旦启程,就没有终点,而且由溪变河,由河变海,漫流过生命中所有的日子。

十四岁的少年,经常去城西的呼兰河畔,特别是秋天的时候。呼兰河是从北向南流,一直流入松花江,河面很宽阔,河水很清。我坐在东岸,身后是枯萎的草地,再远些是一片树林,林中叶飞如蝶。南边遥远处,可以看见呼兰河大桥,河水日夜从那九个桥洞中流淌过去。对岸是一片开阔的荒地，太阳已经偏西，一阵长长的风飞过来，穿过那片荒地，掠过满河的流水，扑在我的身上脸上，然后身后的草地里传来它的脚步声，它向着东边一直一直地走下去。

风一直向着东边走下去，而东边，有我故乡的村庄。故乡的村庄其实很近，只有四五十里的路程，而对于少年的我，却仿佛隔着天涯。当时还不明白，总有一天，时间的距离会比空间的距离更远，那是永远也无法回归的遥远。那一阵西风依然将我的衣襟牵扯着向东边飘动，而我的思绪却早已脱离了我的身体，踏上了归途。

在沈阳上学的三年，是第一次在异地住得那么久。那时候，不只是思念曾经的村庄，也思念小小的县城，思念在秋天的呼兰河畔，那些梦回村庄的日子。沈阳离呼兰县城也并不是很遥远，一千多里地，只是那千里路上，夜夜都跋涉着我的归梦。随着距离越来越远，故乡的范围也在扩大。在县城时，故乡是那个村庄；在沈阳时，故乡就是那个县城。

秋天的夜里，我坐在大操场看台上最高的那一层，西风猎猎，明月高高。风依然牵着我的衣袖，人却身不由己地固定在他乡。我怀疑这风能不能越过千里的烟尘回到故乡，我知道月光可以。只是，什么千里共婵娟，隔千里兮共明月，古诗词里那些长长短短的句子，都不可能让思乡的心情有所缓解。操场后面有条河，河上有座很小的桥，夜深人静，有时我会偷溜出来，站在桥上，迎着一河的风，想象在故乡的夜里，此时会有着怎样的梦。"独立小桥风满袖"，只是我的心无法成为一叶帆，在西风中饱满，在渴望中返程。

后来，便是四处辗转，很多次去到更远的地方，在北方辗转的时候，有人问起家乡，我会说是黑龙江。去重庆讲座的时候，有人问，老师你是哪里人，我会脱口而出，东北。果然是距离越远，故乡越大，如果有一天我不小心跑到国外去，那么中国就是我的故乡了。如果在外地正逢秋天，我的思念便如潮有信，汹涌地击溃了心中的岸。因为家在东北之东，秋天的风都吹向那里，所以，秋天，是我最为思乡的季节。

回乡的感觉也是随着距离的变化而不同。少年时，从县城回村庄，看到村庄的身影，心便幸福起来。从沈阳回来，进了黑龙江，便觉得身心有托。从更遥远的地方回来，一出山海关，一进东北大地，巨大的亲切感便扑面而来，总会情不自禁地说："终于到家了！"如果是秋天归来，伴着西风，我的心就真的成了一叶饱满的帆。

如今，在小兴安岭深处这个城市里，我已经客居了二十年。这儿离故乡也很近，不到一千里，不过故乡却已是在西边了。虽然秋天时，西风再不能吹向故乡的方向，可是我的心依然愿意在风里徜徉，我依然愿意让西风牵着我的衣襟，虽然它在这里忘了我的故乡，可它却从没忘记过我的乡愁。

秋夜

总是无缘无故的,在某些夜里醒来,窗外是凉如秋水的长风和远在尘世之外的点点星光。呆呆静坐,努力去回想,是否有依稀的旧梦与我的沉睡擦肩而过。秋夜是清淡悠长的,不似春夜的柔软、夏夜的浓稠,更不似冬夜的冷冽,而一弯月或者几缕蟋蟀的琴声,轻易就把思乡之心勾起,在那样的夜里,是适合生长乡愁的。

于是用回忆细细梳理曾经的每一个秋夜,就像长长的西风不停地梳理那片年轻的白桦林。穿行于时光的长廊,许多影子在身畔来来往往却又转瞬即逝,如一群栖在岁月深处的鸟儿,在我的心跳中倏聚倏散。

在那个遥远的夜里,醒来的我看到窗台上积满了月光,院子里搭的木架上,那些烟叶都沉默着。姥爷还没睡,嘴里衔着的烟斗正一明一灭,他细细地看着那些渐渐变得金黄的烟叶。那时觉得,那么多上了架的烟叶,除了用阳光晒,可能还要用月光晒吧。月光把姥爷的身影画在地上,同样的沉默,只有一团团的烟雾朦胧着,让我看不清他的脸。许多年后的梦里,我努力想去看清姥爷的脸,却每一次都如那夜里,在清晰的情节中有着一直看不清的细节。

有时是被父亲的鼾声惊醒的,没有月光,只有风在问候邻家园里那几棵高大的杨树。草檐下的燕巢已空,夏夜垂落的呢喃似乎还在枕畔回响,星星遥远,村南大草甸如潮的蛙声也归于静寂。当时没有乡愁,却生起隐隐的恐惧,似乎每一处黑暗中都隐藏着狰狞的鬼怪。而父亲的鼾声起起伏伏,洗去了我心底所有的惶恐,油然而生的是一种安心、一种平静,虽秋夜正长,却淹没不了心底暖暖的梦。

那时少年的心清清浅浅,不识离别,也容不下骊歌。而与故乡一别之后难有归期,也无归途,即使归去,村庄也变得不似曾经。心里有了沧桑,秋就轻易地入了心。心里住着秋天的人,都有着只属于自己的苍凉。

某年秋夜,忽然梦见了姥爷和父亲,他们盘膝对坐在炕桌旁,抽着刚晒好的烟,喝着粮食酒,吃着土豆炖倭瓜,却都不说话。姥爷依然是老头的样子,可父亲却那么年轻,我能感受到父亲每一个细微的神情,却依然看不清姥爷的容颜。我在梦里是那么欣喜,仿佛我还是那个无忧无虑满心快乐的小孩,亲人都在,乡愁遥远。只是刹那间就醒了,夜空看不到星月,只有凉凉的风一遍遍踩踏过孤寂的窗台。

努力去回想曾经那些美好的秋夜，那些不期然醒来的时刻。月光下，我看到过失眠的花狗在四处溜达，夜似乎是它的世界；我看到过一只因贪玩被关在鸡舍外的鸡，它跳上墙头，或者飞上窗台，它和我一样，只能于偶然中感受秋夜的静美；我看到过不知谁家的黄猫，快速地从墙头上跑过，灵巧地跃上仓房的屋顶，坐在最高处，仰着头不知在凝望着什么。

虽然有着那许多美好的秋夜，可我总会想起那个夜里的母亲。当时姥爷刚刚故去两三个月的时间，我醒时西边天上有半个月亮，母亲就站在院子里，在月光下，在姥爷曾经看着他的那些烟叶的地方。母亲的影子也凝固着，她失去了自己的父亲，我看不到她的脸，不知有没有泪痕被月光照成细细的溪流。而她默立的身影，却让我心底有着沉重的悲伤。

后来，当父亲也故去时，那年的秋天，那些惊醒的夜里，才体会到母亲当年的心情。随着光阴消逝的，都是不会再重来的，也是不可追溯的，是无法弥补的缺失。秋风秋月依然如过去一般，可人却已一代代地更迭，曾经在那些夜里悄悄看着美好发生的小小少年，心也早已粗粝，有抚不平的千疮百孔。也许只有回忆和不可求的旧梦，才是暂时躲避的港湾。

现在的秋夜里，我依然会忽然醒来，有时会看到母亲无眠的身影，她站在窗前，不知在看着什么、想着什么。母亲单薄的身影，却是那么厚重，原来那份无所寄托的思念，才是生命中浓得化不开的苍凉。

落在草丛里的星星

二十世纪七八十年代在乡下出生的人,可能都曾有过这样的童年吧。某个夏天的午后,在村外的大草甸里跑倦了,或者放鹅累了的时候,便坐在草丛里,或就地躺着,盖着一身的阳光和树影,不知不觉地睡着了。醒来的时候,太阳已经偏西了一些,风仍在若有若无地走过,铺向天边的草地还是一望无边的绿,小河里的鹅们静静地游着,不远处的村庄偶尔有鸡犬之声传来。便觉得,虽然似乎什么都没改变,可自己却好像又长大了一点点。

当时在我的小学课本里,有一篇课文叫《火烧云》,文中把我们那里常见的景象描绘得生动无比。老师说作者是萧红,就是我们呼兰人,许多年前她曾生活在离我们三十公里远的县城里。不久之后,父亲给我买回来一本《呼兰河传》,我看得手不释卷,而其中一个情节尤其难忘。

有一年夏天,萧红家院子里的蒿草已经长高到了齐大人的腰，黄狗进去，连个影儿也看不见。有一个下午，她钻进蒿草丛，去寻找在里面长得像小山葡萄似的天星星吃，吃困了，就睡在天星星秧子的旁边。"蒿草是很厚的，我躺在上边好像是我的褥子；蒿草是很高的，它给我遮着阴凉。"半梦半醒之间，她听到远处有不少人在说笑，也没在意。醒来后才知道，在她睡着的时候，她的小伙伴来了。她为此懊悔不已。

想起自己在草丛中睡着的时候，是不是也错过了许多美妙的东西？在我的梦外，世界总是有着我所不知道的变化。就像在睡梦里，你无法知道家人轻轻地给你盖上了一条被子，你只记得那份温暖，却不知它的来处。

我也曾在一个黄昏，在草丛深处睡着了。那时已是秋天，太阳未落时还很热，我和大人们一起，去村南的大草甸深处打苫房草。大人们挥舞钐刀割草，我便在很高的茂草里奔跑，或者追一只惊慌的蛙，或者赶一只低飞的鸟，便到了草甸深处。夕阳从西边奔跑过来，踏过每一株草的叶尖，而我却累了，躺在草丛里，看着草尖划破的天空。天色渐渐朦胧起来，感觉周围很静，静得可以听到耳畔爬虫的足音，可以听到飞虫扇动翅膀的声音，于是，所有的感觉都遥远起来。

仿佛只是一刹那，就醒了，张开眼，一片昏暗，茫然间想起身在何处。这时，只觉脸边很近的地方有一点闪亮，侧过头去看，是草叶上一颗大大的露珠。站起身，夜色已笼罩下来，东边天上一轮满满的月。露水已经下来了，凝结在狭长的叶片上，月光下闪闪如点点的星。回到干活的地方，大人们依然在割草，趁着有这么亮的月光。

有时候会觉得，我现在回想着的往事，就像闪着光的星星，一颗一颗点缀在草丛中，幽幽照亮了许多的眷恋。

十四岁那年的春天，我家搬离了那个村子，搬进了县城。在思乡之余，我经常拿着一本《呼兰河传》去萧红故居。在萧红描绘的每一个地方停留，隔着苍茫的时间，在相同的空间里，感受不一样的情境。院子里很平整洁净，并没有没腰的蒿草，但在后花园里的西北墙角，却茂草丛生，我坐在草丛里的一块石头上，看书，思考，发呆，看着红蜻蜓白蝴蝶悠悠飞去飞来，却一次也没有睡着过。

那是思乡之情最浓烈的一年，几乎每隔上一会儿，就会回想起从前某个片段。那无边无际的大草甸上，摇曳的茂草又该泛起淡淡的波纹了吧？有月亮的秋夜，那些星星又该散落下来，在草丛中悄悄地闪烁着，映亮某个孩子的眼睛吧？村西的小河边，高高的蒲草丛中，依然会有着不变的月升月沉，就像我心里没有尽头的思念，在寻找着一个可以安放的来处或去处。

有一张照片，真实地记录了我在草丛中微笑的一瞬。那是我十三岁那年，当时也是刚到秋天，家里来了一些客人，有一个人带着相机。那个年代农村人照相很少，所以吃过午饭，带相机的客人便给我们照了相。于是便有了我与花狗的合影，有了我在大坝上扶树而立的瞬间，有了我们几个兄弟姐妹欢乐相拥的记录。

彼时河畔的蒲草已然极高，静静地映着一河流水，带相机的客人让我蹲在蒲草丛中。我依言蹲下，夕阳从我面前扑过来，把身畔长长的草叶涂抹了一层浅浅的金黄，而后掠过闪亮的河水，冲向远方。草叶的影子纷纷落在我的身上脸上，一种很亲切熟悉的感觉，我便从心里涌上一丝笑意。

  我经常看着那张照片，哪怕是许多年以后，依然能感受到当初那个小小少年的心境。如果可以，我多想一直流连于故乡的草丛里，去寻找那些闪亮的星星。只是人在尘世，身不由己地辗转，反而离故土越来越远。只有思绪夜夜飞回那片辽阔草地，三十余年的离乡生涯，想来恍若草间一梦。只是，我不知道，这个梦，还有多长、多久。

栖在树上的鱼

很大的院子,院子里有一棵粗壮的树,浓荫匝地。夏日晴好的时候,她就摇着轮椅行走在院子里,感受阳光清风,心里却是总觉得不自由。十四岁的年龄,便被桎梏在轮椅上,就像鸟儿被困囿在笼中,可笼子再大,也不是天空。

只好每天对着庭中熟悉的一切,渐渐地,她发现,树上有两只鸟儿是一直都在的,每天许多鸟儿来来去去,只是它们总会回来,因为树上有它们的一个巢。小小的,在密密的枝杈间,像一个黑黑的果实。很羡慕那些鸟儿,可以自由飞翔择枝而栖。她还喜欢鱼,不是那种观赏鱼,而是父亲从门前的河里捕来的小鱼,它们生活在家里的几个鱼缸里。可自从腿不能走路之后,她把鱼全都放回了河里。只是有三条鱼还太小,她怕它们无法独立生活,就想着养大一些再放生。

有一天,父亲突发奇想,把那个鱼缸用细绳捆扎好后,系在了那棵大树的枝上。她很是惊喜地看着高高悬吊着的鱼缸，阳光从层层叠叠的枝叶间洒落，鱼缸里的水也点点斑斑的亮，三条小鱼欢快异常，在里面互相追逐，游过阳光时，细小的鳞片上闪着点点金光。那个午后，她一直在看树上那三条鱼儿，它们吐的每个泡泡都五彩斑斓。新来的鱼也引起了那些鸟儿的注意，鸟儿们似乎也为这些新加入的成员而惊奇，有些胆子大的，就直接落在鱼缸的边缘上，探头去看里面游动的鱼。

那个晚上，依然很热，她坚持要睡在外面树下。于是支起了折叠床，躺在那里，抬头间就能看见那个鱼缸，三条小鱼也安静了许多，静静地悬浮在那里，而更高处的鸟巢里也是寂然无声。她久久不能入睡，直到月亮升起，便听见鱼缸里有细细的水声，三条鱼似乎被月光感染，又开始游动，接近水面时便欢快地甩尾，扑打出一朵朵水花。听着清晰入耳的水声，她终于渐渐进入梦乡。

醒来时，已是月挂中天，起了风，吹得满树的叶子簌簌地响。她抬眼去看鱼缸，见那鱼缸在风中摇摇晃晃，三条小鱼在动荡的水中游得更加欢畅。她忽然想到，在这不停摇动的水里，鱼是不是会找回在河里的感觉？要不它们怎么会那么兴奋快乐？她再也没有睡意，一颗心儿随着鱼缸轻摇，仿佛化身一条鱼儿，在水里，在月光下，自由地游来游去。

早晨在鸟鸣中再次醒来，朝霞满天，抬眼，满树的叶子都闪着清新的光，两只鸟儿早已起来，正绕树翻飞鸣叫。鱼缸在阳光斜斜的照射下，熠熠生辉，小鱼们反而安静了，头向着东方，停在水中。她也在满天的阳光里安静地看着，从没有这样发自内心的平静。

上午的时候，她让父亲把鱼缸拿下来，把那三条鱼放回门前的小河里。而且，她说要回学校去上学，不想在家里这样待着了。经过这一夜，她忽然明白，就算轮椅是一种桎梏，也会领略到不同的风景。就如夜里那三条鱼儿，虽然身处小小的鱼缸里，可是它们却有栖在树间的经历，有风中摇荡的水，有月光朝霞照耀，有鸟儿陪伴，那是河里的鱼儿们永远也无法体会的东西。

她也相信，自己也会于困囿中体会到别人所看不到的美好，那是上天的眷顾，只要自己用心去发现。

生命中的那些遇见

一

多年前的一个秋天，在沈阳南站下了火车，急匆匆走向远处的215路公共汽车站，准备返回学校。穿过站前广场，要走到过街天桥的时候，一个十一二岁的小女孩忽然跑到我的面前。她穿得很破旧，头发也很乱，把一只脏兮兮的手伸到我近前，大眼睛里闪着渴望。

我早听说南站这里讨钱的小孩极多，却还是第一次遇见，因为每次我都是从北站下车。看着她的眼睛，我掏出五角钱放在她的手上。她微微鞠了个躬，冲我浅浅笑了一下。那一瞬间，想起了当时报纸杂志上常见的一个大眼睛贫困小女孩的照片，心有所动，便叫住她，又拿出一元钱递给她。她有些惊讶，接过钱，嘴唇微动，似乎想要说声谢谢，却面色突变，疾疾地说了声"快走"，转身跑去。

抬眼一看，只见那边正跑来好些小孩，他们也许看见我多给了小女孩钱，便都想拥到我身边。小女孩张开手臂阻拦着他们，并大声地喊着什么。我赶紧快走几步，上了过街天桥，融入人潮，过了街，才舒了口气。站在街边的站点上等车，忽然想起，有人和我说过，这许多讨钱的小孩都是有大人组织的，似乎就是什么所谓的"丐帮"，便出了一身冷汗。

车还没有来，却看见那个小女孩走了过来，我惊讶地看着她，她走到我身边，把刚才的一元钱塞到我手里，然后转身走了。我看到她的衣服被撕破，手上还有血痕。

站在拥挤的215路公共汽车上，手里依然攥着那一元钱，心里百感交集。说不清那是怎样的一种感受，有喟叹，有惋惜，也有温暖，有感动。于是，心随着摇摇晃晃的汽车，怎么也不能平静。

二

更早些的时候，夏天，开往沈阳的火车上。很古老的火车，车窗大开着。

我坐在靠窗的位置上，火车启动后，看着窗外匆匆掠过的大平原，这条路经过无数次，看惯了的一切，便觉没意思。于是从包里翻出一本书来，闲闲地翻看。

对面坐着一个中年男人，把脸全冲着窗外，似乎对匆匆而过的风景很感兴趣。我面向着火车前进的方向，他背对着前进的方向。忽然想起书上看到的哲理，面向前进方向的，是不断地迎接；背对着的，是在不断地告别。面向前进方向的，眼中全是未来；而背对着的，眼中只有过去。想着想着便觉得无聊，我冲着车头而坐，也没看到未来，也没感觉到迎来了什么。

忽然，中年男人说："好多的花！"似乎是在自言自语地感叹。我向外扫了一眼，并没有花。心里嘀咕着这人胡说八道，继续低头看书，还没看几行，余光发现外面有什么正在掠过，抬眼望去，铁路旁一大簇一大簇的花正急急而来又飞快而去。那些花儿很密集，也不知是什么花，芬芳飘进了车厢，许多人都转头去看。

可能就一分钟的时间，花儿就成了过去。中年男人似乎还是很陶醉的样子，便觉得他真不嫌累，刚才一定是脑袋伸出窗外费力地往前看，才发现那些正在赶来的花儿。还是看书吧，打发这沉闷的时光。车厢里很嘈杂，打扑克的笑声、小孩子的哭声，很难让人静下心来。

这时，那中年男人又说："要过江了！"窗外却没有江河的身影，然而只是片刻，车轮的声音便变得空而沉起来，果然火车上了桥，正在跨越松花江。江面很广阔，只见中年男人把头伸到窗外，我也仔细看了看，发现大江确实很壮观，有着一种平时没有注意到的美。

告别了松花江之后，我收回目光，对面的中年男人也把头收回来，我惊讶地发现，他竟然是一个盲人。那么，刚才他是怎么知道有花有江的？他似乎知道我的疑问一般，面对着我笑道："花还没到，我就先闻到香味了！江离得不远，我就闻到水的气味了，也听到水声了！我眼睛看不见，鼻子和耳朵特别好使！"

忽然就有了一种触动，我们熟视无睹的种种，却被这个看不见世界的人早早地感知到，并沉浸于其中。原来用心捕捉到的，才是最动人的风景。

三

还要早些的时候，我在一个春天去另一个城市，给家里办些事。在陌生的街头，一时茫然，根本不知道怎么去到纸片上写的那个地址。徘徊了一会儿之后，看街口有个卖香烟的，人看着挺面善，便上前去问路。他确实很热心，问："外地来的吧？我告诉你小伙子……"

我努力记下了他说的方向和转折点，便道了谢离开。走出不多远，忽然想起，家里人在我出门前一再叮嘱，在外不能轻易相信别人，又想起有人说过的，在外地问路，要找街头卖东西的，先买东西，顺带着问路，就没问题了！想到这里，我心说坏了，我没买东西，那一定是不准的了。

于是折回来，到了那个烟摊前，挑了一盒最便宜的烟，说：

"刚才忘了买烟了。大哥,你把刚才说的路线再和我说一遍,我有些没记住!"

那个大哥又说了一遍,和刚才的竟然是一模一样,而且,他还拿出一张纸,给我画了一个简单的路线图。最后他问我:"小伙子,你有打火机吗?"

我摇头。他便笑着把我买烟的钱递还给我:"一看你就不会抽烟!放心吧,你不买烟,我也不会骗你!"

离开的时候,心就如身外的春天,充满了温暖和希望,风也变得和煦起来。

光阴深处的暖

一

看三毛的《滚滚红尘》，在剧本的后面部分，有几个这样的情节：韶华和月凤相依为命，两个人在小屋子里做火柴盒，在战乱年代，以此换取极其微薄的收入。

很熟悉，很亲切，因为在我的少年时代，也曾有过这样的经历。那时刚刚从乡下搬进呼兰河畔的小城里，生活也有着不为人知的艰难。我们呼兰县有一个很大的火柴厂，在那个年代，呼兰火柴广为人知。据说县城里有一半的人家都在糊火柴盒，也算是农闲时的一份收入。

我家也糊，从厂里领来原材料，还有胶水刷子模子等，就可以进行了。每天晚上，我们都会在灯下糊一会儿，程序并不复杂，几次之后就熟练了，我们糊得很快。火柴盒糊好套好后，捆成一大捆，虽然一大捆也才几块钱，却也很有成就感。看着一小车糊好的火柴盒被送进厂里，我就会有很多的想象，想象着在很多地方，人们使用火柴时，拿的是我糊的火柴盒，那份光明和温暖也有着我的一份付出，便很有些自豪。

后来，由于简易打火机的出现，火柴就被用得越来越少，我们便也不再糊火柴盒了。再后来，连火柴厂都倒闭了。一段红红火火的时光就这样流走了，可是我却那样怀念，在那些朴素的日子里，全家人在灯下糊火柴盒的情景，是那么亲切。那种相守相伴，一直温暖着我，陪我走过人生长路上许多的苍凉。

旧光阴遥远如火柴的微芒，即使隔着岁月的尘烟，也不会熄灭，每一回首，便点亮我生命中所有的眷恋。

二

有一天听一个朋友讲，他的爷爷很懂国学，特别是对于古诗词，更是有着很深厚的修养。他小时候，爷爷总想教他学古诗词，希望把诗书传家的传统继续下去。只是他异常顽皮，总是想着出去玩儿，根本没有心思学。爷爷用尽了招数，不管威逼还是利诱，他都油盐不进。有一次，爷爷对他说："你把这几首唐诗背下来，我让你拔掉我的一根胡子！"

他大为兴奋，因为爷爷有着很漂亮的胡子，很长，像神仙一样，他有时候想要去摸一摸，都会遭到爷爷的训斥。那天他特别有动力,很快背熟那几首诗,爷爷翻来覆去地考,也没能难住他。于是,他挑了爷爷一根最直最长的胡子,用力一拽,胡子脱落,看着从来不苟言笑的爷爷疼得龇牙咧嘴,他便开心得笑起来。

我们笑问:"爷爷的胡子后来是不是被你拔光了?"

他也笑:"没拔几根。主要是来回几次之后,我发现学诗词挺有意思的,后来也懂了爷爷的用心,也不舍得拔了!"

我想起自己小时候,虽然没有像朋友那般的经历,却也有着家人的一份鼓励。那时生活在乡下,我学习很努力,每次考试得了第一,母亲都会给我煮一个鸡蛋。乡下生活简朴,一个鸡蛋就足以给我许多的温暖和动力。

我知道,许多人都曾有过这样的感动,哪怕是一点一滴,也会在岁月里汇集成温暖的河,即使人世再沧桑变幻,也会在回望时,一一洗去心上的尘埃。

夜里来过的雨

那个很深很深的夜里，忽然醒来，听到窗外有极轻微的雨声，便知道正有一场细细的雨轻轻地路过。有多少个清晨，走在路上，大地微湿，空气清新，便知道昨夜有一场雨曾经来过。而我却不知道那是怎样的一场雨，就像是回想不起的一个梦，只留下浅浅的痕迹和淡淡的欢欣。

很多年前的那个早晨，我走在潮湿的街上，去上学，沉甸甸的担忧把脚步压得极为缓慢。昨夜的那一场雨虽然早已过去，可是我的心里却依然一片泥泞。少年的冲动，一言不合之下大打出手，把同学打得头破血流。当时很不在乎地回家，并把这件事告诉了家里人，然后便装作若无其事的样子，吃饭，睡觉，甚至不知道夜里下过一场雨。只是此刻走在去学校的路上，那种忐忑挥之不去，我们学校管理极严，特别是对学生打架，情节严重肯定是要开除的。

在校门前犹疑了一会儿，一咬牙走进去，走向未知的命运。进了教室门，同学们投射来的目光带着微微的讶然。我坐好之后，看向那个头上缠着纱布的同学，他也正看向我，神色平静。然后上课，似乎与以往并没有什么不同。只是在最后一堂自习课时，班主任来了，重新强调了一下纪律。然后，她把我叫到办公室，先是严厉批评，然后和我讲了一些事。

　　原来，在我安然睡觉的时候，父母去了班主任家里，又去了那个同学家里。我无法想象，刚从农村搬进城里不久的父母，是怎样说服了老师和同学的家长，才让我得以继续上学。许多的事情，就像是昨夜那场无声无息的雨，早晨的时候，你知道它来过，甚至有时你不知道它曾来过，可它已经悄悄地滋润了很多东西，改变了很多东西。多少人在我们背后默默付出，对我们的爱，也同样是默默无闻，我们却常常忽略了是谁在为我们默默地铺路。

　　于是那个忽然醒来的深夜，听到窗外的雨声，便想起了很多的往事。总是在早晨知道有雨来过，却很少在夜里遇见，有一次遇见却是偶然，那也是多年前，从外地回来，将近午夜下的火车，还要步行八里地才能回到家。那条路穿过一片旷野，当时已是初秋，看不到星月，除了自己的脚步声和偶尔的蛙鸣，极黑极静，连风都睡着了。不知走了多久，便感觉有很小很小的雨点落在脸上，然后渐渐地多起来，抬头，依然是厚厚的黑暗，那些雨滴仿佛从虚空中而来。我用肌肤的每一寸触觉去感知这一场不期而遇的雨，很小很细，一路陪伴着我，我到家的时候，雨也过去了。现在想来，那夜的我，也如那场路过的雨，没人知道我是怎样走过那片孤独的旷野。

那么多的过往在心里穿梭，更是没有了睡意，窗外的雨声依然，便有了想出去感受一下的冲动。披衣推门而出，夜和雨一下子将我拥入怀中，站在空庭中，闭上眼睛，虽然不复青春年少，虽然已鬓染秋霜，却依然感受到了曾经的那份清凉。就像无边的雨丝洗去了岁月的尘埃，心也柔软如初。一缕被惊醒的风慌慌张张地跑过去，把从容的雨滴也带得歪歪斜斜，张开眼睛，依然是这个夜，却变得有些不同了。

回到床上，一个香甜的梦正等着我。我知道，明天早晨，当别人惊讶于竟然下过雨的时候，我会很骄傲也很幸福，因为，在别人都沉睡的夜里，除了我，没人知道，那场雨曾怎样美丽地来过。

镜中花开

夏天的时候,有一次我躺在炕梢的位置睡午觉,转头间看到墙上的一面镜子里,正开着许多的花儿。这个角度,镜子正好把北窗外盛开的一簇簇扫帚梅映入其中。一时睡意全无,就看着镜子里的花,看着风来影动,看着偶尔路过的蝴蝶,感觉到一种前所未有的介乎于真实与虚幻之间的美好。

十四岁的我,在那个夏日的午后,发现了一种别样的美。

后来就很留意家里的镜子,想要发现它们蕴含的更多的惊喜。那时候,每家墙上都挂着几面很大的镜子,镜子下面靠墙放着几个木柜,柜子上面摆一些零零碎碎的杂物,镜子上一般是带图案或者有字的,也有一些简单的花草图案,照镜子的时候,就像人在花丛里。我记得家里曾有一面大镜子,镜面上画着一枝梅花,梅枝上是两只喜鹊,就是很常见的"喜上梅梢"。很喜欢,因为我那时从没见过梅花,所以我总是看那面镜子,"此生未识南枝",想象着以后会在怎样的一种情境里,与梅花相遇。

家里的那只大黑猫,有时会灵巧地跳上柜子,优哉游哉地从大镜子旁走过,似乎镜子并不存在一般。偶尔它也会蓦然转头向着镜子,与镜中那只黑猫短暂地对视之后,又若无其事地走开。我不知道猫眼中的镜子里会是怎样的一个世界,不过看来,它好像从未去探究过。

姐姐们有一面小些的镜子,有书本那么大,椭圆形,带镜架,镜子可以上下翻转,镜子背面是一幅仕女图,花树之下,轻罗小扇,一双粉蝶,很有意境。姐姐们每天早晨都对着它梳头,编辫子,搽胭粉,就差戴一朵花"照花前后镜"了。我也经常拿着这面镜子玩儿,把一束阳光照进那些昏暗的角落。更多的时候,我是拿着一个更小的镜片,在墙角接一缕阳光,照进那个幽深的鼠洞里。

当时每家每户的墙上,都会挂一个或者几个相框,就是把旧了的大镜子背面的涂层去掉,变成透明的玻璃,然后把许多照片粘贴在同镜面一般大的纸上,再固定到玻璃的后面,挂在墙上。照片大多都是黑白照,记录着一家人的某些瞬间。去到别人家里,我很喜欢看别人家的相框,一一辨认着每一个人。有时候主人会指着照片讲解,每一张照片后面都有故事。许多的点滴贯穿起一个家庭的历史,很是让人怀念。现在想来,当初那些照片,都是时光的花朵,盛开着一份份美好的回忆。

后来,看许多科幻或者影视作品,说镜中有个与现实相反的镜像世界，而那个世界未必是虚幻的。所以有时候也会对着镜子发呆，如果我能看到那个世界多好，如果那个世界也有美丽的花儿次第开放，即使我嗅不到一丝芬芳，可是看到镜子里真实的花开，也会是一种从未有过的美。不奢望能进入那个奇妙的世界中去，哪怕能从小小的镜面窥见一丛花的微笑，便是梦里也难得的幸福。

虽说镜花无常，可未必不会在心上留下永恒的花影。如果心是一面镜子，能照见世间所有的美好，即使那些美好并没有真正在心底，也依然会点染生命的许多灿烂。所以，每到夏天的时候，我都会把一面镜子摆放在合适的位置，以便在抬起眼时，遇见一枝赏心悦目。

就像在平凡平淡的生活中，偶尔走错一条路，却遇见一些意料之外的风景；就像刹那间的失神，便将心带入很远很远的一种境界中去。

或许生活真的就像一面镜子，有时候换个角度，就能看见一份不一样的美。

岁月的谜题

当你在回望自己的青春时,当那些年轻的岁月扑面而来,会是怎样的一种感受呢?十六岁时的青草地,闪亮的河流,如水的目光,风中翻飞的洁白衣裳,飘舞成梦想形状的长发,或者月光下的吉他,细雨中的沉默,长夜里的日记,这所有的片段,是否会有一滴落入你遥远的心湖,漾起层层叠叠的思绪?

也许你悄悄地告别了一场青涩的情感,蘸着泪和微笑,和着回忆的甜与迷茫的痛,把所有的心绪说给带锁的日记本。然后尘封,然后从花季走进雨季,然后依然是汹涌而来的年轻日子,是数不尽的相遇和分离。于是某一天,你记起了一个古老的谜语,它或者出自哥哥姐姐的口中,或者出自伙伴们游戏之时。谜语中说,有一样东西,一刀砍断,却没有分开,依然是完整的。在许多次的错误回答之后,你终于猜到了答案。

——所有环状的东西,一刀断开,却不会分离,依然完整。

于是你笑了，笑这个谜语的精巧，然后随着岁月慢慢淡忘。

当你记起那个谜语的时候，无论身畔的世界依然如昨，或者物是人非，你的心中早已沧海桑田。在尘世的奔劳中，或许你早已伤痕累累，或许心上已起了层层的茧，可是你却没有完全麻木，偶尔，你的生命中还会涌起一种希望，虽然很模糊，却有着清晰的感动。本来你一直觉得，受过的伤即使痊愈，也会留下疤痕，即使再淡，也如一条鸿沟，隔断着许多美好。可是，在心里偶然感动的时刻，在梦想还在涌动的瞬间，你忽然就想到了那个谜语，也忽然就想到了另一个答案。

长长的来路上，在翠微苍苍的那一段，在清澈的时光中彷徨的我们，心中曾有着太多的疑惑，也有着太多的问题找不到答案。我知道，你也曾被某个问题困惑着，折磨着，你费尽心思去寻找答案，而等待你的，却是更多的问题。仿佛每一页日历，都是一个谜面，而谜底，不知在未来的哪一页上飘摇。

而当有一天，你终于想出了答案，却发现，答案已经可有可无，没有那么重要。甚至，那些问题早已消散在烟尘深处。或者还没来得及欣喜，却看到时过境迁，看到岁月早已更换了问题。那么，你就会觉得丢失了一些东西，却又想不分明，眼前的日子依然纷纷落下，埋葬着许多的过往。你觉得这一生都要在这样的过程中度过了，总是晚了那么一些时候，便再也无缘。

我们都是如此，有时候追赶着某些东西，追着追着，却发现它已经看不到踪影，或者已经面目全非。便总是失落，似乎我们所得到的东西，都是顺路而来，并非自己想要的。有时候，我们感觉伤感，并不是因为没有追到曾经希望的东西，而是因为忽然发现，我们失去了曾经那份澄澈而温暖的动力。

可是有一天，你的心里又重新感动起来，或者是源于一句话、一个笑容，或者是一次回忆、一次感悟。于是心上的茧壳片片剥落，心又柔软如初，希望也开始葱茏。于是微笑，不带一丝风尘，一如花季里的那条河流般清澈。忽然之间，对于那个古老的谜语，有了一个不同的答案。

——一刀砍断，依然完整，还可以是一颗充满希望的心啊！

这样一想，我们的心里就会充满温柔的感动。仿佛依然是在十六岁的河流旁，依然绿草如茵，依然白衣飘飞，心里的梦正年轻，脚步正充满力量。岁月的谜题还在，也许依然会彷徨，可是我们的目光那么明亮，便温暖了所有的来路和去路。

一瞬的美好

一

冬季的某一天,我顶着风雪从外面回来,快进楼门的时候,恍惚看见阳台下有什么东西动了一下。转过头,是一只大黑猫,正瞪大眼睛警惕地看着我。

我家阳台下的地面塌陷出一个小小的洞口,下面是供热管道,所以冬天的时候,有些猫会生活在那里,因为很温暖。小区里的流浪猫很多,平时都是见到人就跑,像今天这只黑猫这么大胆的很少见。我来了兴趣,停下脚步,弯下腰细看它,它依然一动不动,勇敢地和我对视着。

忽然,传来几声细小的"喵喵"声,在黑猫身后的洞口处,怯怯地探出一只很小很小的猫咪来,在它的旁边,还隐约有着几只小猫咪的身影。真不知道,这些可爱的小家伙是什么时候诞生到这个世界上的。

看着黑猫的眼睛,我笑了一下,直起身,忽然觉得,漫天的风雪里,竟有了一丝丝别样的温暖。

二

我是在植物园的山路上遇见那只小松鼠的。当时正是秋天,我举着手机拍一些黄叶红叶,或者偶尔停留的鸟,不经意间看见了它。

对于这可遇不可求的小精灵,我很感兴趣,便悄悄地靠近了一些,蹲下隐藏好,在手机的镜头中把它再拉近。小松鼠在一个小范围内走动,忽然一个鲜红的小野果落在路面上,它飞奔过去,捧起来,衔在嘴里。我立刻拍下了这一瞬,照片中的小精灵直立着身子,嘴里叼着野果,很有童话的感觉。

我之所以记住这一瞬,并不是因为这一瞬的美好,而是这一瞬总会让我想起接下来的发现。可能我过于贪心,还想再靠近一些,拍得更清晰一些。结果刚一移动,就被小家伙发现,它叼着野果快速地钻进树林中失去了踪迹。我正想起身离开,忽然,又一枚同样的小野果落在地上,我向路旁的树上看去,另一只小松鼠也正飞快地离去。

至此,想象的空间更为辽阔,童话的情节也更为丰满。那些关于两只松鼠的想象和情节,比照片上的那一瞬更美好。

三

我挤在一群兴奋的小孩中间,隔着铁栅栏,居高临下地看着下面的两只黑熊。孩子们纷纷把手中的食物抛下去,两只熊立起,张大嘴巴去接从高空落下的食物。接不到,就俯下身,四处去寻找落在地上的食物,样子很可爱。

那只略大些的黑熊在地上寻找了几圈之后,忽然蹲在角落不动了。我一直注意着它,它连落在身边的食物也不理会,我往旁边走了走,换了个角度,看到它正紧盯着角落里一丛茂草发呆。就是这样的一个场景,竟让我的心触动了一下。那一丛草是不是也忽然触动了深藏在它脑海中的记忆?或许它从小就被困囿在这个深深的坑里,但在它的记忆里,仍会有着某些父辈们生活的片段吧?

山林并不遥远,就在我们周围,可对于它来说,却是从没见过和经历过的传说。那丛草在它眼里,也许并没有具体的大山林的形象,却一定有着让它感到熟悉的气息。所以它才会于漫天撒落的食物之中,独自发呆。

当我去别处转了一圈回来,那些孩子仍然在扔着食物,向下看了一眼,那只熊早已经回过神来,正两腿站立着去接食物。我离开的时候,心里有一种复杂的感受,似乎是无奈,又似乎是悲哀。

四

想起还是小小少年时,和邻家伙伴一起,牵着他家的黄牛去村外。经过村西的一处高冈时,有人在那儿挖土。由于村人经常来这里取土,所以高冈变得很陡很高。牛便走得慢了,我俩怎么拉拽和吆喝都不行。冈上有个孩子,看见我俩和牛较劲,便"哞"地学了一声牛叫。

听到这声叫,黄牛彻底停下了脚步,略转头向着高冈那边,一动不动,眼睛大而深邃,无法判断它在看什么。拿它没办法,只好随它,我们坐在旁边的土堆上,牛依然像一尊雕像般伫立不动。忽然,伙伴想起来了,他说,以前他家还有一头黑牛,两头牛干什么都在一块儿,有一次就是在这高冈下往回拉土的时候,高冈的陡坡忽然就塌了下来。黑牛就这样被砸死了,伙伴说,刚才那个孩子学的那一声,很像他家黑牛的叫声。

于是,我俩再看黄牛那凝固着的身影,都似乎若有所思。

第二辑

折折叠叠的旧光阴

小小少年的思念和流连,在光阴里荡漾成回首时的葱茏,即使时过境迁,依然是最美的心灵家园。

火车不够快

/1

第一次看到火车是在姑姑家，姑姑家在镇上，邻着铁路。那时我还很小很小，以前总听人说起火车，觉得很难想象。记忆很清楚，我伏在窗台上，向北边望着那一片开阔地，有一阵隆隆之声传来，我以为是打雷，仰头看，却是蓝天白云，正疑义间，忽然一个庞然大物从远处飞驰而来，伴随着更为震耳的声响。

当时我就呆住了，并不是因为恐惧，而是一种巨大的陌生感瞬间闯入生命的那种震惊。我知道，那就是火车。火车，火车，我轻轻地念着，没有欢呼，就是那么痴痴地看着，直到火车消失在视野之外。

火车跑得真快！后来，我跑出姑姑家，来到离铁路很近的地方，等着火车经过。旅客列车是深绿色的，经过的刹那，能匆匆地从窗口看见里面的人。有时候也会看到一些人从车窗后看我，不知他们看我的时候是什么样的感觉。货运列车更长，要很长时间才能从我眼前过去,我耐心地数着,最长的竟然有三十多节车厢。看着火车消失于远处,便想象着,长长铁路的那一端,会是怎样的一个世界。于是心里便有了强烈的愿望,希望有一天也可以坐上火车,去到很远很远的地方。

第一次坐火车,只是从镇上去县城,很近,看着车窗外飞快后退的大地,感觉自己是在飞一样。满车厢的人,不会注意到一个小孩的兴奋和紧张。中间停了一站,时间很短,站台上很多等着上车的人,背着行李的,带着小孩的,纷纷向着车门跑,便觉十分有趣。火车继续跑,小站很快被抛在了后面。好像不大一会儿,县城就到了,很是意犹未尽,还没看够奔跑的风景,就到了终点。

那时候觉得火车真快,快得来不及看清窗外的风景,来不及去回味那份心情,就到了下车的时候。总是盼着火车再慢些,或者路变得更长些。就像很多喜欢的电影,还没看过瘾,就忽然剧终;就像童年和青春,还没来得及眷恋,就已经落幕。

真正坐火车远行,是去大学报道。心里全是不舍,看着家乡的小城渐行渐远,渐渐隐没于云烟之中,思念便和火车一起启程。许多往事如窗外穿梭的风景,让我的心漫流成一片温暖的海。多希望火车不要那么快,让我可以在家乡的大地上多停留一会儿,让我可以多看一眼家乡。向前看去,我依然不知道,在长长铁路的那一端,会有一种什么样的生活在等着我。

下午的时候,火车路过一个乡村,忽然,我的心一震,在铁路旁的一所房子前，一个倚门而立的小男孩儿，正痴痴地望着这列火车。我可以看见，他眼中闪着的希冀与梦幻，便似乎看到了自己当年的身影。这长长的列车，真不知道带走了多少渴望看世界的孩子的心。

后来，我却觉得火车不够快，真想它更快些、再快些。

那是第一次回乡。总是觉得火车太慢，慢得跟不上我的心，我的心早已回到家里，回到亲人的身畔。再也无心悠然地坐看车窗外的一切，大地、村庄、山川、城镇，都已成为不再入眼的风景。心底全是家乡的一切，每一次火车停下，都希望一脚踏上故土。

或许时间才是最快的，它终会把一切困扰、迷惑、疼痛，远远地落下。

二十年后的今天，火车再也不是过去的火车，我依然离故乡遥远，可动车的速度已经把我与故乡的距离压缩到短短几个小时之内。只是回乡的动车上，我依然觉得太慢。最好火车更快，快得超过了光速，便也超越了时间。我坐在火车上，时间却在倒流，好让我回到四十年前，小小的我，依然倚在姑姑家的窗口，看着飞驰而过的火车，心里默默地念着：

"火车真快啊！"

阳光下的绿蜻蜓

在成长的岁月里,有那么一段时光,忽然就感到无可名状的寂寞。小小少年的烦恼说成寂寞,总是不恰当,只是那时真的就变得不一样起来。不愿意找小伙伴玩儿,也不知想要做什么,每天的傍晚,都坐在门前的土墙上,看着远处的草甸,看着绿色的蜻蜓载着斜阳悠悠飞来又飞远。

幸好那一段时光并没有持续太久,后来甚至已经忘了那样的时刻里,心里的所思所想,反而那些蜻蜓却停留在记忆里。那些绿色的蜻蜓,其实并没有红蜻蜓多,而且,大多数人都喜欢红蜻蜓。绿蜻蜓多从水上而来,大量绿蜻蜓飞舞时,就极有可能要涨水,所以不受人欢迎。可是,在那些孤独的黄昏,绿蜻蜓就这样飞进我的眼睛,飞进我的心里。

那时南边菜园的矮矮土墙上,插满了秫秸,阻挡着鸡群的进入。天气晴好的时候,那些尖尖的秫秸顶上,便会立着许多蜻蜓，阳光在它们透明的翅上舞蹈。而绿蜻蜓却是寥寥，那时我们常常立在墙边，竖起食指，蜻蜓飞来，便落在指尖上。甚至我们能带着它走出很远，它才察觉，最后翩然而去。

虽然一直知道，蜻蜓也是由爬虫蜕变而成，却是无法想象那是一个怎样的过程。十二岁那年的夏天，却偶然看到了终生难忘的一幕。

那个午后，干完农活回来的家人，都正在午睡。闲极无聊的我便去河边，长风掠过水面，带着清凉的气息扑到脸上，坐在岸边草地上，无聊地数着河中间的一群白鹅。这个时候，忽然看见水面上似乎有些不对劲儿。仔细望去，身上立刻起了一层鸡皮疙瘩，原来水里全是密密麻麻的虫子，正纷纷向岸边游过来。我立刻惊而起身，向后退了几步。

有些虫子已经上了岸，就伏在地上，它们僵然而卧，身体呈灰褐色，在阳光下，一动不动，晒着身上的水。而水中，无数的虫子正纷纷爬上来。只是片刻工夫，岸边的地上已经布满了一层。我站在不远处，呆呆地看着它们，不知这些水中而来的虫子，此刻在做些什么。

它们的身体渐渐僵硬，仿佛生机也随着水气的蒸发而消散。蓦然，一只虫子动了一下，仿佛体内有什么东西在不停地冲撞。我骇然后退了一步，目不转睛地盯着它。良久，这只虫子的背部突然裂开一条缝隙，一个小小的头颅探出来，用力向外挣脱着。几经挣扎，一个小小的生灵出现在我眼前，几乎透明的翅膀和腹部折叠在一起，身上也是湿漉漉的。它伏在阳光下，待身上干了以后，便蹒跚地扑腾着，折叠在一起的身体也完全展开，两对翅膀几番扇动，便悠然飞起，向着蓝天而去。而周围，无数的小家伙正一一出现。

是绿蜻蜓！许许多多的绿蜻蜓在河面上飞舞，我从没见过这么多的绿蜻蜓，在午后的暖阳中，我竟看得呆了。而地上，依然有许多的虫子还僵卧着，偶尔颤动一下。我便捡了两根细树枝，帮着一只虫子把身体破开，让里面的蜻蜓出来。可是，蜻蜓出来后，却依然软软的，无力地挣扎了几下，仍无法将躯体伸展开，过了一会儿，它便不动了，死在了那里。

原来，只有经过自己的挣扎，经过自己的努力破蛹而出，它们才能具有飞翔的力量。有些虫子终是没能蜕变成蜻蜓，它们飞翔的梦便永远桎梏在那个身体里，化为尘土。

许多看似弱小的人，他们一直在默默地挣扎，或许就是一个蜕变的过程，那份无助的努力，只有自己渴望飞翔的生命在乎。或者并不是所有的努力都能迎来新生，但那个过程却永远值得尊敬。

少年时，听到一首歌《红蜻蜓》，很是入心："我们都已经长大，好多梦正在飞，就像童年看到的红色的蜻蜓……"可是，在我的心里，却是飞舞着那些绿色的蜻蜓，它们的翅上，曾载着我的寂寞、我的梦想和我对未来遥遥的渴盼。

红蜻蜓依然随处可见，可是，谁又能说绿蜻蜓不能承载更多的梦，随着河流，飞向远处的家园？

夜归人

　　无边无际的夜，心里却暖暖的，连脚步声都同心跳一样急促，因为前方有一所亮着灯的房子。在夜里回家，有一种特别的感受。也许是暗夜与灯火的对比，将心底久泊无依的思绪与那一窗温暖相融，仿佛一直黯淡的际遇，此刻全被回家的心绪点亮。

　　遥远的少年时光里，有一次深夜回家的经历。那时还在县里住校读高中，很少回家，一个周末的晚上，忽然有一种强烈的回家冲动。于是便走出校门，此时已是夜里九点多，早已没有了通往乡下的车，便步行走上四十里的路回家。正是盛夏，星光满天，出了县城，便是土路，两旁是茂盛的庄稼。空气中流动着清香的气息，我一直向前走。离家乡的村子很近的时候，要穿过一大片荒甸，阴森无比，还有乱坟无数。走到纵深处，恐惧便紧紧围绕在身前身后。向前望去，看见村里的点点灯火，便觉心中一暖，周围的荒凉也似乎充满了野趣。

当村子近在眼前，看着家里的草房，那在黑暗中的影子，如山一般给我无尽的安全感。推门进屋，扑面而来的灯光，还有父母惊喜中带着担忧的脸，深深刻在那一瞬的心底，在无数个未来的日子，那个情景总会在无眠的夜里如潮翻涌。

后来，在一个陌生的城市，等待父母到来。也是在一个夜里，却是自己成了屋里的守候者，而父母成了夜归人。那时，父母只是打了个电话，说这一天要到，并告诉我不要接，来过好几次，能找到。通讯的不便，使得我竟不知他们坐什么车，几点到。只好默默守在家里等，直到夜幕长垂。此刻，终于知道那种等待的滋味，想想以前的多次回家，父母交织着盼望与担心，该是等得怎样辛苦。

曾有个同学，少年时，有一次和父母负气离家出走。在外游荡了几日，终于还是回来。他特意选在一个夜晚向家里走去，怕看见那些熟悉的人。也是一个小小的村庄，他一路心情忐忑，不知将要面对的是怎样的情景。他和我说："我一到家门口，听见院子里的狗叫声，眼泪一下子就淌下来！"而他的父母，并没有责怪打骂他，有的只是欣喜和心疼。原来，那个叫家的房子，永远敞开着温暖的门，等着我们的归来。

在晚上回家，就像从长长的夜里走向光明和温暖，家永远是等着我们憩息的巢。喜欢在夜里归来，踏着一地的思念，任这条路风雨起落，可在路的尽头，却有着一所房子，亮着一盏灯，和灯下牵念着我们、也被我们牵念着的白头人。

传说并不遥远

当我还是个小小少年的时候,生活在东北大平原上的一个小村庄里,村南是一大片荒草丛生的草甸,东南方遥远处,有一剪山影。因此,我们村里的人还算是幸运的,至少可以远远地看到山,而别村的人,山只在想象中。

我清楚地记得,那是一个很冷的腊月,那一天下着很大的雪。我们围着炉火,或说话,或看书,或发呆。当时,我正看一张姐姐从舅舅家拿回来的报纸,有一篇很短的文章,是写冰凌花的。一时看得满心神奇,便给他们讲,大家都觉得不真实,是传说中的东西。

我也很不相信,因为我们都知道,在北面遥远地方的山里,冬天雪更大,冰更厚,天更冷,怎么可能在冰雪中长出植物并开出美丽的花?于是便都一笑了之,我也扔了报纸,带着炉火的热气冲进风雪之中,去寻找属于我们自己的乐趣。可是却很奇怪,关于冰凌花的事一直没忘，看到冰，看到雪，它总是在心里跳出来。就像心里被不知不觉地种下了一粒种子，怎么也压制不住，真不知会生长出什么来。

此后的岁月如风车疾转，我也辗转离故土越来越远。却没想到，竟真的来到当年觉得遥远的北边的山里，并一直生活了二十年。初来小兴安岭的时候，心里的冰凌花似乎回到了故土，再次萌动起来。而且此地关于冰凌花的传说已是近在身畔，几乎人尽皆知。我才明白自己一直想错了，冰凌花并不是在寒冬腊月里盛开，而是在春天。春天开花，是多正常的事！于是，冰凌花在我心中的神秘感便消散了，也有了一丝淡淡的失望。

可是在小兴安岭的第一个春天，我却被震惊了。因为那只是名义上的春天，实际还是在深冬。三月四月，依然会下很大的雪，河流依然凝固，大地依然冰封雪盖。心里的冰凌花传说再度神奇起来，只是那个春天，由于初来不久，我没有上山，也没看到在冰雪里绽放的那个传说。倒是在天气暖和的时候，在菜市场上，有人叫卖冰凌花，一大堆，黯淡的黄色，花朵也很小，蔫蔫的，说是泡水喝，可以治心脏病。

第二波失望袭来，就像很长很长的时间，在心里不停地勾勒着某种事物，及至见到真面目，才发现现实与想象的天差地别。于是，心里的冰凌花再度失去了色彩，也似乎渐渐把这件事放下了。

已记不清是在小兴安岭的第几个春天了，偶然和家人在一个晴好的日子，上山散步，竟与冰凌花不期而遇。

当时山坡上的雪已经半融，我不停地用手机拍着白桦林，拍着阳光下燃烧的雪，忽然，就看到了它。它从半融的雪里生长出来，一高一低的两朵花。并不大的花朵，却在阳光下耀人眼目，金黄而饱满的花瓣充满生机，在冰雪的背景中，有着一种直入心灵的震撼。我蹲在那儿许久，从传说到眼前，冰凌花穿透近二十年的光阴，在我心底绽放出一种神奇的美。也许这些年的辗转，就是为了这一次邂逅，为了少年时那一个若有若无的梦。

心里满溢着感动，当时并没有想到什么坚强、奇妙或者梦想一类的东西，只是为了曾经反反复复的那一份希望和期盼。就像心灵漂泊得久了，忽然遇见家园的那一刻，只是一种单纯的心动。

其实，更多传说中美好的事物，也许并不遥远，也许并不在传说中，很可能就在我们身边。只是因为越来越稀少，我们的心越来越麻木，它们，才渐渐地走进传说之中。或许，只要我们心心念念着，在生命中不经意地希望着，总有一天，就会与那些美好相遇。

蜡烛开花

又停电了,窗外的夜色一下子涌进来,天上星星的眼睛也瞬间亮了,正在看书的姐姐们很是懊恼,我却兴奋得欢呼起来。桌子上一根蜡烛点燃了,我坐在旁边,盯着那一簇火焰,心里充满了喜悦。

那时候,我是那样喜欢看点燃的蜡烛,那时候也总是停电,我常常对姐姐们说:"看,蜡烛开花了!"姐姐们很不屑,告诉我,那不是蜡烛的花,古代说的灯花,是蜡烛或者油灯燃着的过程中,忽然爆起的一朵。我当然知道,也见过,都说爆起灯花会有喜事,虽然那短暂的灯花也很美,可是,我觉得燃着的那簇小小火焰,才是蜡烛开出的花。

有时白天我也会忍不住点燃蜡烛,可总是遭到家人的训斥,说我浪费。而我也发现,白天燃着的蜡烛没有晚上的美,蜡烛的花只有开在黑夜中才最灿烂。就像那个停电的晚上,一朵小小的蜡烛花，在我的眼中开出最为绚烂的美。我就那么凝视着它，看得清它每一层颜色的变化，记得住它每一次细微的颤抖，它在我轻轻的呼吸中微微摇曳，拖动墙上的影子也在不停地晃动。

直到眼睛有些酸了，我才把目光移开，满屋昏黄的烛光朦胧，散发着淡淡的温暖，每个人都在静静地做着自己的事。二姐在写作业，大姐依然在看书，母亲做着针线活儿，父亲在一个日记本上记录着什么。他们的影子都在烛光里轻摇，摇出一种家的感觉。太多的夜晚都是这样度过，特别是停电的时候。我最流连的，那种安静而温暖的氛围，就是蜡烛花的芬芳。

我经常用一个小盒子收集蜡烛凝固的泪，偶尔我会在某个夜里，跑进小屋，把烛泪放进一个小碟子里，用棉线搓出一根灯芯，埋在烛泪中，点燃末梢，一朵小小的花就在黑暗中诞生了。只是，那朵更小的花总是忽然谢落，可能我的栽培手艺太差，使它抵不过黑暗的重压吧。

很喜欢点燃蜡烛的那一刻，每次我都是抢着去点，仿佛亲手造就了一份美好。当火柴头瞬间爆起一朵耀眼的花，当那朵花唤醒了蜡烛的花，我心里的所有灿烂也仿佛被唤醒。总是对着烛光发呆，有时候写着作业，便不知不觉间神游到那簇火焰的世界中去。在小小少年的心中，在朴素而无忧的时光里，总以为这份美好会一直存在。所以，我不喜欢吹灭蜡烛，要睡觉的时候，我都是先钻进被窝，用被子蒙住头，良久，掀开被子，黑暗已经充满了屋子，只是嗅觉里还残留着淡淡的烟痕。

夜来了，花儿开了。或者，花儿谢了，夜来了。

那些曾经的美好时光，都如烛花谢落，而那些温暖却没有凋零，长夜也没有到来，只是我却越走越远，远离故乡，远离童年。在烛光中渐渐老去的容颜，却在记忆里年轻如昨，很留恋偶尔的旧梦，梦里的一切，都曾是真实的感动。而我却明明白白地知道，遥远的烛光中的那一切，蜡烛花的芬芳里生长的往事，比梦更遥远。

如今，除了一些特别的时候，蜡烛已经用不上了，甚至不敢再独对一朵烛花的美。重温点点滴滴的过往，就像我当年收集那些凝固的烛泪，用回忆的线捻成灯芯，希望重新开出一朵温暖来，哪怕是刹那，也会洇染长长的一生。

不管多久多远，开在岁月深处的蜡烛花，依然会温暖许多生命的苍凉。那朵暖暖的花儿，就在我的眼前微微地颤动，就像，心底那些悄悄的感动。

满溪流水香

开车去一个城市，由于有一段高速公路因施工封闭，便下了高速上了一条国道。没开出多远，前面便堵了车，看到旁边有一条窄些的路，似乎可以绕过去，便拐了上去。结果好像越开离国道越远，两旁先是高高的玉米地，然后是大豆，很熟悉的乡土气息从车窗涌进来，心就像找到了故乡，便索性不去想方向对不对，慢慢地向前开着，陶醉于七月的大地。

前面出现一个小小的村庄，在一片很缓的坡地上，房屋高低错落，看着很是舒服。从村东的土路上驶过去，惹得路旁觅食的一些鸡鸭愣怔地观望，一条半大的黑狗叫了几声，随着车跑了很远。从村南一转弯的时候，就遇见了那条小溪。或许那是一条很瘦的河，只是在我的家乡，没有叫小溪的，不管多细的流水，都叫小河。而在我长大离开后，在回忆里，却觉得许多的河，其实就是溪流，而且我喜欢叫溪流，因为"小溪"这两个字，更近更亲切，总是让我想到和童年或者童话有关的种种。或者小溪就是河的童年，还在童话般的氛围里成长。

　　车窗外的小溪在午后的阳光下流淌着，清清亮亮，潺潺的水声浸润着周围的一切，包括我的心情。于是在草地上停了车，坐在小溪旁，静静地看着它，它真的很窄，只有三四米宽，似乎用用力就能一跃而过。可是好像并不很浅，水那么清，中间的地方看不到底。对岸是很高的茂草，再远处，是无边无际的农田，更遥远的地平线处，几大朵白云正在涌起。

　　这里并不像故乡，却让我想起了故乡。

　　我家搬到村西头的时候，我很欣喜地发现，村西有一个小水库，一条细细的河从北流入水库，再从南边淌出去。我爱极了那片水，经常跑到岸边去玩儿。南边有一座小小的木桥，离水面很近，我们经常坐在上面，把赤着的脚伸入河中，搅乱水中的云影。流水的两岸长满了野花野草，水中却是高高的香蒲，花草流年，和流水一起芬芳着漫过来，生动了整个夏天。

　　更喜欢到北边的水畔，那里很清浅，可以涉水而过。水底是细小的石子，我们挽起裤管，踩在水中，弯腰去捉那些很小的鱼，捉到了在手里看它摆动一会儿，便扔回水中，继续去捉下一条，乐此不疲。我们的笑声一串串地落进水中，那浪花儿就越发欢快。远处一片很大的树林，许多鸟儿飞进飞出。

　　父亲扛着自制的扒网，二姐在一旁跟着，去河流更远的地方扒鱼。我远远地看见父亲挺拔的身影，看见二姐活泼的身姿，在大地上，在流水旁。父亲捕来的鱼很多，就像我在河流里捡来的快乐那么多。有时也能看见母亲年轻的身影，她在野地里割猪草和喂鹅的野菜，累了，就在河边掬一捧水，洗去脸上的汗水。

我多希望在自己家的门前，就有一条小溪。两岸也是很多的野花野草，在那些美丽的晚上，月亮和星星落在水中，细细的风吹起浅浅的波纹，吹得花草簌簌地响。蛙鸣阵阵，夹杂着蟋蟀悠长的琴声，同溪水一起慢慢地流淌。满溪的流水泛着粼粼的银光，风从花里过来香，明月高高，所有的一切都那么轻柔地发生着。我一出门就能遇见这些美好，或者夜里，听着门前的流水声，意识渐渐模糊，小溪便淌进了我的梦里。

在一个秋天的傍晚，我从三里外另一个村子往家走，走到小河边的时候，夜幕已经垂了下来。那一处的河流只有两米多宽，一些落叶正随波逐流，岸上的芦苇丛高举着如旗般的穗子，在风里飘摇。我跑步向前，在岸边腾身跃起，落在了对岸，却是没有站稳，扑倒在芦苇与蒿草丛中。于是就躺在那里，伴着身边的流水，看月亮从草尖爬过天空。

岁月的溪流终会带走许多时光。不会再有了，童年已如流水般远去；不会再有了，在花草丛中看不变的月升月沉；不会再有了，岸边父亲母亲年轻的身影。那么多的流连，恍如一梦。

恍如一梦，站起身来，眼前依然是陌生的村庄和陌生的溪流。故乡、童年,比梦更遥远。如今,不知那条河还在不在,掬一捧水,还能不能寻找到童年融入其中的笑声。也许河水依然清清,虽然不能洗去我发上的风霜,却能洗去我心上的风尘。而在那一脉流水中,我依然会留下我的笑,还有,我的泪。

曾逐北风细细开

你们猜错了,我说的不是雪花。虽然它们开遍了风中,可是它们依然年年绽放,我说的那一种花,却是越来越少见,甚至已经化为曾经,只能在记忆里寻找那一份美好。

在遥远的乡下,在遥远的过去,当我从冬季的梦里走出,张开眼睛,窗玻璃上便全是它们的身影。在淡淡朝霞的背景下,开放着一种神奇的美丽。我常常坐在炕上,坐在窗台边,仔细地看着那些霜花,想象着北风有着怎样纤细的手和灵动的心,才能在一夜之间绘出如此精美的图案。多年以后,那些花儿的形象就印在了我心上,让我在每一个寒冷的冬天,都能看到一簇簇盛开的温暖。

它们就开在夜里,开在寒冷里,也开在我的眼睛里,每一个细节都清晰无比。有的画面就像俯瞰落雪的森林,千树万树,能看到每一根细枝上的晶莹;或者变成了一片花园,每一个花瓣都生动无比，甚至那些细细的花蕊都弯曲着伸展着；北风也时常把院子里的那棵杨树印在玻璃上，枝枝丫丫纵横交错，在我眼中铺展成一个童话的世界；有时干脆就是一幅抽象画，许多形象杂陈，每一种都美极，组合在一起，便让人生出无边无际的想象。

霜花是我童年里的一抹欣喜，也是许多年以后回望时最圣洁遥远的眷恋。曾经多少个清晨，坐在窗后，隔着那一层美丽，把心儿放逐到充满着无限美好的世界中去。

当太阳渐渐升起，玻璃上的霜花便慢慢地变换着颜色和背景，每一个瞬间的凝眸，都会遇见不一样的精彩。渐渐地，鸡已经开始满院子散步，有的跳上窗台，隔着霜花给我一个朦胧的身影。我们经常将手指按在玻璃上，慢慢地融化成一点透明，然后看到外面窗台上小鸡好奇的圆圆眼睛。更多的时候，我们会在那些画面中添上些东西，在森林里加进松鼠，在花园里点缀上蝴蝶，在枝丫间放飞鸟儿，其实都不像，只是我们在加进自己的想象和乐趣而已。

我们也在玻璃上写字，写反着的字，手指融化出一条一条的笔画，然后跑到外面去看。回到屋里时，惊喜地看见，阳光将那个字投到西边的墙上，带着朝阳的色彩。我们还会跑到窗外，在玻璃上印字。由于霜花都结在窗子里面，所以我们不停地焐着手，隔着玻璃看着霜一点点地消融，看见室内的温暖。就像现在的我，经常用回忆焐暖心绪，然后融化岁月的苍凉，去看曾经那些心动的风景。

当西墙上被阳光印着的字渐渐模糊，玻璃上的霜花开始纷纷凋谢，一场华丽的落幕后，满室阳光盎然。就像从一个美丽的梦中走出，剩下悠长的回忆与回味。虽然不再重逢，但是经常记起，在每一个冬天的早晨，它们仍开放在我的心里，看得见的美，触得到的暖，伴我走过每一个漫长的冬天。

晨光的翼翅

张开眼睛,南园的杨树上一群麻雀叫得正欢,霞光映满了窗子,忽又记起今天是礼拜天,可以不用去上学,便极为惬意和放松。也不急着起来,躺在炕上,凉爽的风从窗口涌进来,带着满园的果蔬气息。昨夜还慵懒的猫早已不知跑去何处,两只芦花鸡飞上窗台,向屋里探头探脑地窥视。

我坐起来,靠近窗子,两只鸡根本不理会我。我隔着插满短栅的围墙向南园里望去,满园的阳光,母亲的身影果然在一片红绿之间忙碌着,不知是在摘高处的豆角黄瓜,还是低处的茄子辣椒或西红柿。忽然觉得西边有什么东西一直在动,转头看去,西墙上开满了喇叭花,此刻朝阳扑落在墙上,各色的花朵在长长的风里舞动,恍惚间觉得那是许多小小的翅膀在开合着,似要随阳光随长风而去。每一朵花都是晨光的翼翅,从遥远处到人间,传播着光明、美丽和芬芳。

压了凉水，飞快地洗漱了一下，走出房门，早晨的气息扑面而来。高大杨树上的叶子，每一片都驮着阳光，墙角的那丛青草，此刻也是沐浴在晨曦中，天上那片薄薄的云，正泛着淡金，悠悠然向远处飞去，还有家家户户升起的炊烟，在我眼中都是一种飞翔的姿态。甚至觉得，从枝叶间坠落下来的鸟鸣，谁家晚起的公鸡的啼叫，还有远处田间传来的吆喝声，都像无形的翅膀，跟着这个早晨一起明媚地飞舞。

满世界都是扇动翅膀的声音，我站在村庄里，一时竟是呆了，第一次发现早起的人间是如此多姿多彩。房后的土路上传来一阵杂沓的脚步声，跑出院门，看到村里的孩子二歪正赶着一群绵羊走过来。那些羊小跑着，互相踩着影子，零乱的脚步敲打着初醒的大地。二歪是我们既讨厌又羡慕的一个孩子，讨厌他的理由和羡慕他的理由似乎是一样的，就是因为家里不让他上学，而让他天天放羊。他因此总是气我们，有时候还会跑到学校去，隔着窗户冲我们嘻嘻地傻笑。二歪和他的队伍经过我身旁的时候，他又转头冲我笑，阳光正好照在他的脸上，竟然没像以往一样觉得他讨厌。

二歪的笑脸在我眼前消散了，随之一起消散的还有近三十年的岁月，而此刻的眼前，是另一张笑脸。难得如此晴好的早晨，我也难得起了个大早，来到家门前的水上公园里散步。站在水畔，阳光翻山越岭地飞过来，在水面留下一道通红的足迹。这时候,我就看到了他,衣衫褴褛,正坐在河边草地上,很舒服地晒着初阳。我看他的时候,他也转头看我,露齿而笑,涂着一脸的阳光。

那个瞬间我想起了二歪当初的笑脸,想起了三十多年前的那个翅膀满天飞的早晨。实际上,那也是我十四年的乡村生活中,印象最深刻的一个早晨,也是最美的一个早晨。这个冲我笑着的男人,附近的人都认识,他是一个流浪汉,似乎智力也有些问题。可是,清晨阳光下的笑脸,似乎有着一种平时所没有的魔力,会让人忘记许多,只剩下美好。

想起以前上班的时候,那时我在一家电厂工作,倒班,白班、前夜、后夜轮流不休,没有任何节假日。后夜班是从零点上到早八点,别人都是坐在那儿偷偷地睡觉,我却在一张张纸上写文章,一直写一直写,直到对面窗子上有了一层淡淡的亮色,才停下笔。走出主控室角落那个小门,站在室外铁楼梯的平台上,空气极为清新,东边的天光渐明,我就站在那儿,迎着凉凉的风,吹散长夜在心里残留的冷。

而后,太阳便从东边远处群山的缝隙里挤出来了,刹那间就点亮了大地上所有的美。我极喜欢那样的时刻,虽然和儿时的早晨隔了三十多年的尘雾,可是朝阳依旧,那美丽的翅膀依然在,扬起的风,总能吹散心上的尘埃。虽然那时倒班很辛苦,虽然我倒了十年的班,可是,就是因为能遇见那些怡人的早晨,才使得我从长夜里走出后，能让心迎接一份温暖。

往事在心底重叠着，就像晨光在身畔层层洒落。我喜欢每一个阳光洒落的早晨，喜欢让阳光的指纹印满我柔软的心。不管世事风尘怎样漫漶，我柔软的心总能跟随晨光的翼翅，飞向世间每一个生动的角落。

三米目光

如果目光可以用长度来计算的话,那么,在我的生命中,曾经有那样几道目光,让我心里始终柔软,虽然,那些目光很短,短到只有两三米的长度,却一直在我心里延伸了许多的岁月,从不曾折断,像清清的河流,洗去世间所有的尘埃。

一

客居在沈阳的时候,我正是二十多岁的大好年华,却遭遇了人生中最初的寒冷。那时租住在城市边缘一所古老的房子里,房东是一对老两口,为人和善。老大爷身体很健康,每天都去附近的公园里,和一些老伙伴下棋聊天。而老大娘却很少出去,只在院子里晒太阳。她眼神不好,据说年轻时就近视得厉害,现在虽然戴着厚厚的眼镜,却依然看不清多远。即使看书时,也是几乎把镜片紧贴在书上。

那个秋天分外的凉。有一段时间我失去了工作，虽然已经不是第一次，却终于消磨掉了耐心，也不想去找新的工作，整天出去游荡，有时喝得大醉归来。几次之后，老大娘便找我谈心，可是听着许多安慰的话，却很难让我心情好转。于是老大娘便开始限制我出去，起初她就坐在院子的大门口，见我安静了几天，才离开她把守的通道。

那一天见她不在门口坐着，便想着溜出去散散心。见老大娘正坐在檐下看书，我便悄悄地走过，向着大门走去，没走出几步，她便叫住了我。无奈之下，便只好回来，看着她的白发在阳光下闪着细密的光，我竟无法对她撒谎说出去找工作。她什么也没有再说，只是扔给我几本书，让我在她附近看。于是那些天，我就不停地看书，偶尔和老大娘交流几句书中的问题。而老大爷则是每天回来做饭，然后继续出去。

当终于看烦了书，我便试着再次偷偷溜走。可是每走出一段距离，老大娘都能发觉。经过几次尝试，我发现，每当我离开老大娘约三米的距离，只要是朝着院门的方向，她必然会开口叫我。我知道，超过三米，她就几乎看不到人影了。心里有了一丝感动，便开始用心去看她给我介绍的那些书，生命在阳光和白发的陪伴下，渐渐地走向平和。

近二十年的光阴流逝，我依然记得老大娘镜片后的目光，虽然如今她早已辞世，可是那目光一直在我心里流淌，让那个秋日的温暖化作永远的春日暖阳，于是再没有心上的苍凉。

二

想起了祖母。她同样是眼睛不好，到了晚年，更是严重。而且她耳朵也背得厉害，来了人，得在她耳边喊上一会儿，她才能分辨出是谁。那个时候，祖母就是在耳聋眼盲的边缘走过。

每当过年时，家里的人都回到老家团聚。我们这些孙子辈的孩子便都围在祖母的身边，奇怪的是，在那样的时刻，她总能轻易地认出我们每一个，即使我们不吱声，她还是能冲着我们每一个人叫出小名。而当我们离得稍远一些，她就一片茫然，分不清哪个是哪个。

后来，许多年过去，当我们也到了为人父母的时候，就明白了祖母当年的心境。虽然她眼前朦胧，虽然她耳畔寂寂，可是，她的心里却装着我们每一个人，所以在她身边时，那一种从心里涌起的感觉，使得她能认出我们。她的心里有一双眼睛，虽然只能"看"到两三米的范围，却已足够，那无形目光漫流成的海，淹没了我们的一生，温暖而感动。

三

那一年依然是在一个遥远而陌生的城市，和一个伙伴租住在一个破落的小二楼里。

我们那小小的房间在北面，一天也很难有阳光照进来。我和伙伴都是外地人，在这个火热的都市中一天天地消磨着自己的热情与梦想。每天清晨分手，夜幕长垂再见，日复一日。我常坐在床上看书，他则守在窗前向外望。窗外是一座高高的墙，在三米开外横亘着，将我们的目光折断。我不知道，他总是那样看着那堵墙，能看出些什么来。

国庆节长假，我们都没有回家或出去玩，就守在简陋的房间里。那些天里，我依然是看书，他依然向窗外凝望。终于，我忍不住问他，那堵墙有着什么吸引他的所在？他只是让我仔细看，我伏在窗台上，那墙上墙皮脱落，一如斑驳的岁月。墙下只有几丛秋草寂寞地摇着，它们，也是终年难见阳光。墙头上，偶尔有鸟雀短暂地停留，更多的时候，只有长风悄悄地走过。这样落寞的景象，只会在眼中心底写下更深的落寞。

他却欣喜地说，你看，那一块脱皮的地方，是不是很像非洲的形状？还有那一块儿，多像一个人在仰头看天，还有那里，有没有微雨燕双飞的意境？我渐渐地进入他的想象中，目光在三米开外的大墙上，看到了许多不曾注意到的美好。那个午后，阳光依然在我们的另一面照耀着，而我们，却在这三米的距离内，看到了万万千千，想到了千千万万。

　　当时光流逝，回想，那堵高墙也许什么都不存在，是他的三米目光在上面勾勒了太多的美好，从而也在我心底洒下阳光，让我在三米的桎梏中，看到了遥远而美丽的生活。

旧字

　　许多的字写下来的时候，还是新鲜的，就像写字的时刻清澈欲滴的目光和心情。然后在长长的光阴里，它们开始慢慢地陈旧，连同那些写字时的心情。只是，那些字构建出来的世界，却不一定也变得古老，只随着阅读之人的情绪而变化，比如在读自己很多年前的日记时，心底涌动着的感慨。

　　我最后一次读自己少年时的日记，还是在十年前，在老家的夜里，翻找出一箱子的日记本。从小学到大学，断断续续地记了那么多年，许多的日子便化作了手上的沉重。微尘轻覆着日记本，一触动便飞舞成往事的味道。打开中学时代的日记，心上和纸上都满是岁月的痕迹，那些字已经很陈旧了，有些已经模糊得像将要消散的回忆。

　　记录的事件很少，都是一些流水般琐碎的日常。更多的，是一些心情，或心事。少年的心间，总是有着太多的轻喜悄愁。

有时候会怀疑，那个在时光深处写下这些文字的少年，真的是我吗？恍如隔世，判若两人，尘世的风起雨落，真的可以改变太多的东西。我就那样轻轻地翻阅着，用沧桑的目光检阅着青春时所有的心事，心在时间里逆流而上，想去接近那份遥远。忽然发现有一页日记上，竟还有着当年的泪痕，洇染得字迹模糊，洇染得所有的情节都鲜活如初。

箱子的底部，是一叠信件，或者家书，或者亲朋的问候，还有许多是我中学时发表第一篇文章后，一些中学生读者的来信。信封上我的名字，被写成各种字体，那个名字在那时属于一个少年，而如今，那个名字的拥有者，却已历经岁月变迁，两鬓都斑白了。信纸的折叠处薄脆欲断，仿佛今天的我与过去的我之间那一丝似真似幻的联系。每一封信的字都不一样，或工整，或潦草，或大气，或娟秀，相同的，就是都已成为旧字。每一页的旧字，都蕴含着不同的情感，让我心里的浪潮一波接着一波，崩溃了时光的岸。

某天，我整理那些藏书，在一本很旧的诗集里，看见自己很多年前记录下的只言片语。每隔几页就有一些，还是用铅笔写下的，有对诗的理解，也有零零星星的感慨，或者点滴的情感上的失落，贯穿起一个少年的迷茫。铅笔字显得比印刷的字更陈旧，却是荡漾着一个寂寞的青春。我有些不忍去看，在世事里蒙尘的心，不敢与那些纯净的忧伤猝然相遇。

那样的情怀，也终是一去不返了，没有人知道。除了那些书页间的旧字，除了抚摸那些旧字的目光。

那个清瘦的在风中行走的落寞少年，也常常去小城东南角，那里有一座废弃的钓台。也说不清有什么东西在吸引着我，总是在闲暇的时候，不知不觉地走过去。钓台据说建于民国时期，连接着一段同样古老的墙，钓台和墙都斑驳着时光的印迹，上面的裂缝里长出了丛丛簇簇的草。台下就是一段长坡，坡上都是老树，浓荫匝地。坡下是呼兰河的故道，里面依然有水盈盈，高高的蒲草恣意而悠然。

最喜欢站在坡上，站在台前，看墙上那些不知什么年代的字迹。我一遍又一遍地辨认着，虽然那些字已随风雨漫漶，却依然是我心底的流连。是一些诗和词，我想象着，是怎样的一些古人，面对着这古老的墙，写下这许许多多长长短短的思绪。

现在回想，小城东南那个钓台，就像是写在大地上的一个字，或者一些字，在时光的阅读中慢慢陈旧。那么，这么多年来，我留下的那些足迹，是不是也成了大地上的字，等着别人的阅读？

然而，我更喜欢那些只属于自己心情的旧字，比如少年时的那些日记，除了自己，没有读者。

花的雨

好些年前,我看过一本小学生的日记,她在很遥远很遥远的南方,一年级寒假的时候,来东北的亲戚家过年,第一次看到下雪。她在日记里写道:"虽然早在书上电视上知道那是下雪,可是第一次见到时,我还是脱口而出:这是花的雨!那么多美丽的花儿从天上飘落下来,在手心里融化了,就成了雨滴,所以我觉得是花的雨,或者雨的花。"

花的雨,雨的花,在一个初次与雪相逢的小孩子眼里心里,雪有着比文学更美好的想象。而对于一年中至少有半年在雪的相伴下度过的我们,那些美丽的雪,虽然还未达到熟视无睹的程度,却似乎也只剩下了寒冷的感觉。很多东西已经没有了初见时的惊喜与感动,风尘漫漫,湮没了风景,也湮没了心灵。

就像我第一次看到落英缤纷,那是真正花的雨,心里有着一种触动，不管是欢欣的、怅惘的，还是满足的、失落的，都是源于生命的一种本真的直觉。第一次在晚春时节，走进一大片正在凋谢的花林之中，周围飞舞着片片花瓣，只觉得那些花朵都活了般，比凝固在枝头上更动人。

然而那毕竟还只是少年时的美好，无论忧欢。当在这个纷扰的世间奔走了许多年，心上积霜积尘，便再没有哪一阵花的雨，可以落进心底。可是，每当烦恼缠心，忧烦蚀怀，便希望能面对一尊智慧的佛陀，聆听教诲，每一句言语都化作"天花乱坠"，直指心灵。

然后，忽然在某一天，似乎是一下子万事平和，不管怎样的际遇都再难掀起心上的波澜。于是在如旧的春天里，再遇到一场花的雨，忽然觉得，那份美依然和少年初遇时一样。原来，那场花的雨一直不曾改变，改变的是我自己的心。曾经有过多少抱怨，抱怨生活改变了我们太多，其实，是我们先改变了，才觉得眼中的世界与以前不一样。正所谓"等闲变却故人心，却道故人心易变。"

想起那个初次看雪飘飞的小学生，那么清澈的心灵，是不是也要在世事的风尘里染上许多烦恼，然后，用很长很长的岁月去沉淀、去过滤，才能再次回归最初的美好？也许，人生的意义也正在于此，只有在经历了世事的洗礼之后，生命才会于回归后，多出一份超然和悠然。就像花的雨，在时光里一场场地飘落，似是不变的守候和无声的召唤。

既然是无法阻挡的生活，必定要走的弯路，那么就大步地去走。只要在忙碌和拥挤的心底，努力地留下一个空间，去容纳一场曾经动心的花雨，那么，不管怎样的相逢，也会美好得只如初见。

只属于一个人的小名儿

那时候他长得很瘦小,像个猴儿一般,却有个小名儿,叫二墩儿。起初我们并不知道,有一次他妈妈来学校找他,在我们班门口喊"二墩儿",我们都愕然,随即全都大笑,最后他在我们的笑声中红着脸跑了出去。

下课后,大家围着他喊"二墩儿",他气极怒极,拼了命和那些喊他小名儿的人打架。即便如此,大家还是乐此不疲,放学后,跑出老远,还有人在喊,满村回荡着他的小名儿,他站在那里,脸气得煞白。后来我发现,只有他妈妈喊他,他才不生气,反而乐呵呵地跑过去,别人都不行,甚至他的哥哥姐姐也不敢喊他小名儿。

多年后的某个夏天,当年的一些同学聚会,再次见到他,他如今已然长得很强壮,和小时候简直一点都不像,也早没了少年时的暴脾气。我们回忆往事,问起他的小名儿。他不停地笑,似有些伤感，又有些幸福。他说自己出生后一直很瘦弱，身体不好，妈妈便给他起了那个小名儿，就是希望他以后能长得敦实、魁梧。可是他觉得这个小名儿太难听，也只有妈妈喊他时，他才不会生气。

他说："我就一直多吃饭多运动，想着能长胖一点，让妈妈放心高兴，可是却一直很瘦。后来，终于长得强壮了，我妈却走了，再也听不到她喊我一声'二墩儿'……"

多么感动，有些人的小名儿，真的只属于一个人，只有那个人叫，才会觉得幸福。即使岁月的浪潮淹没了许多东西，那个小名儿永远是一朵最闪亮的浪花。

多年前，曾采访过一个福利院的孤儿，当时她才十三岁。她喜欢画画，也喜欢写东西。她曾给我看她练笔的几个日记本，里面写满了小诗和散文。我发现，每个本子的扉页上，都写着一个不同的名字，有"小悠""星儿""流尘"，等等，都是很有意思的。便问："这都是你的笔名？"

她有些黯然，说："这都是我给自己起的小名儿，班里同学都有小名儿，她们的爸爸妈妈很亲切地叫她们，可我都不知道爸爸妈妈在哪儿，甚至我连自己姓什么都不知道……"

一时我很是感慨，如今这么多年过去，当初的那个小小女孩，还会记得曾经给自己起过的那些小名儿吗？只是没有人能轻轻地叫她，只能她自己默默地念起。或许在梦里，会有人喊出她的满眼泪花。也许长大后，她会遇见一个珍惜她的人，给她起一个蕴满爱意的小名儿,每天叫她无数次,任温柔的岁月将她紧紧拥抱。

  在我们每个人的生命中,都会有一个只属于一个人的小名儿吧,它连接着一个温暖的呼唤,即使岁月向晚,依然会唤醒我们心底许多清澈的幸福。

长沟流月去无声

　　明晃晃的月亮地，我和两个小伙伴坐在小河边的矮坡中间，一边啃着刚从瓜地里偷来的香瓜，一边平复着紧张的心情。瓜吃得差不多了，才开始注意下面的小河。月亮底下，河水清清亮亮地流着，月光在水面跳跃着，我们一时都看得有些发呆。

　　其实到瓜地的小窝棚里，瓜可以随便吃。可是小孩子们偏喜欢去偷摘，然后跑到安全的地方吃，似乎那样的瓜更甜些。我们也是乐此不疲，气得看管瓜地的老爷爷大声地咆哮。每次都是在这个矮坡中间，只是，这是第一次逢着圆圆的大月亮在头顶，以往常见的河与月，此刻竟让我们发现了一种别样的美。

　　从那以后，我和两个伙伴便经常在有月亮的晚上跑出来，来到小河边，或者说着各自听来的故事，或者打闹摔跤，更多的时候就是坐在那儿看月亮，看河水，看河水和月光一起流淌。在三个小小少年的心中，便有了一种无可名状的思绪。

没过多久，我家就要搬进县城里。离开之前的一个晚上，依然是圆月，我们三个坐在那儿，月亮沉默，河水轻唱，那是我们第一次被离别的愁绪围绕。只是觉得要分开，却从没料到，这一分开就是近三十年。

搬进县城以后，有很长一段时间都不适应，和新学校的同学也还不熟，除了强烈地怀念老家的村庄，还有着一种很深的自卑感。那时候，我常去的是两个地方。一个是萧红故居，经常在周末，夹着一本书，走进那所青砖墙围起的院子，在一种难得的安静中，消磨一下午的时光。再就是呼兰河畔，坐在那儿呆呆地望着，呼兰河比家乡的小河宽广得多，一河流水，也融入了更多的人情与乡情。初离乡的少年，就这样孤独着、思念着。

后来和班里一个男生关系非常好，他也很沉默，我们两个很说得来。我们都愿意看书，也都有一些奇奇怪怪的想法，所以经常在一起。他有一阵子经常不来上学，去工地干活挣钱。和学校请了好长时间的假，每天出门把书包放在我家，然后去工地，他家里还一直以为他在上学。然后，每天晚上，他来我家，让我给他补白天的课。

补完课，我俩就会出去转转，经常就是穿过了西岗公园，转到了呼兰河边。如果是有月亮的时候，我们就会多停留一会儿。坐在岸上，憧憬着各自的未来，只有晚风倾听，只有月亮倾听。有时候就是默默的，看月光照耀水面，照耀两岸的大地。流水远逝，带走的却是我们太多的梦想。每次总会想起家乡的伙伴，和小河边的月夜，不知不觉，已经两年过去了。

  日子总如流水一般，看着缓慢，再一回头，却已经过去了很久很远。而我再一回首间，呼兰河就已经变得遥远。后来去沈阳上大学，那种似乎与生俱来的孤独感，并没有因为年龄的增长而减少。即使身处喧闹之中，脸上虽然也笑着，心里总会涌起一股凄凉。学校大操场的后面，是一条河，听别人说叫浑河。并不很宽，对岸是一些平房人家，河上有一座小桥。许是在家乡的村庄时开始，不管身在何地，都会对水对月有一种别样的感觉。所以我也经常在寂静的夜里，翻过大操场后面的围墙，去河边待上一会儿。

  月亮升起来的时候，我会站在那座小桥上，俯瞰一河流水送月光。月明桥上，刹那间，似乎有了出尘之意。只觉得美好的东西，都是流逝着的。就像月光把我的影子投在水面上，浅浅淡淡，若有若无，似静似动，如变幻的世事般不可捉摸。每次我都是拖着自己的影子回去，不知乘月几人归，只知道，身边的人越来越少，儿时还有两个伙伴，少年时还有一个知心好友，如今，在月光下，在流水旁，只有自己的影子不离不弃。

  大学毕业后，便是四处辗转着，离家越来越远。久在异乡，仿佛连河流，连月色，连那些个夜晚，都在变迁着，无法与曾经的那些记忆重叠。哪里都有河流，哪里都有月亮，哪里都有月夜，只是，我曾经眷恋的、感慨的、忧伤的，都已逝去无踪。

　　长沟流月去无声，二十余年如一梦。可是我还是很喜欢那样的夜，月照流水，即使美好的东西一直在流逝，可是，在这酷似从前的情景中，月光、流水，依然会唤起我心底的感动，依然会洗去我心上的尘埃。

第三辑

你的微笑，我的流年

有一些情感，从不会随岁月的流逝而消散，而是蕴敛成时光深处的琥珀，永远生动着一双回望的眼睛，浸润着一颗清澈的心。

与父亲同行

父亲在世的时候,我在很多文章里写过他,而父亲去世之后,别说写和父亲有关的情节,就是看到别人写关于父亲的文章,我都不敢去读。虽然心里有着许许多多的话,却是不能一字一句地落于纸上,仿佛那每一个细节,都能牵扯出无边无际的疼痛。

没有父亲的第三个父亲节,在朋友圈满屏的节日氛围里,我却是悲思难抑,填了一首小词《采桑子·父亲节忆父》:

阴阳梦断三年后,怕忆严亲。多少晨昏,秋月春花带泪痕。
而今落落逢佳节,百念成尘。空顾无人,笑语清音何处闻。

这是父亲去世三年来,第一次写到父亲,却也只是写思念,不敢具体到任何情节。直到又一年过去,这个多雨的秋天终于有了一天的晴朗，却又听闻三舅去世，送母亲去车站，匆匆赶回老家。这个夜里已很有些凉意，想世事无常，人间聚散，往事便如潮般翻涌。这是父亲去世四年后，我再次写到他，却是感觉如此沉重。

记忆中最早的一次和父亲一起出行，还是我七岁的时候，父亲带我去县城里办事。我们先是步行九里去乡间的公路上等车，当时正值夏天，走在一条条土路上，看着树林、庄稼和草地，很是开心，因为每次进城都是我盼望着的。尽管挤在摇摇晃晃的汽车上，我依然兴奋得不得了，毕竟很少坐汽车。四十分钟后，下车，父亲拉着我的手走在热闹的街上，我的眼睛便不够用了，看汽车，看楼房，看许多新奇的东西。离开乡野的我，跟着父亲，行走在陌生的城市里，行走在未知的繁华里，满眼都是好奇。

父亲带我去了法院，找他的一个同学，见到那个叔叔时，我大声问好，叔叔非常高兴。现在亲戚们都说我小时候特别会说话，招人喜欢，可是越长大话越少，也变得很内向。我记得身边的父亲挺拔帅气，却怎么也不记得，当年父亲身边的小孩是什么模样。

第二次，是父亲带我去哈尔滨，我八岁，是第一次坐火车，那种可以敞开窗的绿皮车。虽然早春还很冷，却冻不住我满心的热情。车窗外的大地上，积雪仍在，草木未萌，火车一路疾驰，向着我从未去过的大城市。一出哈尔滨站，我立刻就惊呆了，如此巨大的城市，如此高的楼房，都一一冲击着我的眼睛和心。我和父亲在哈尔滨火车站前合了一张影，让我在许多年后依然能够看清，父亲是那样年轻，而他身边的小孩，是那样小，微皱着眉，脸上充满了新奇与恐惧之色。

那以后的成长岁月，满是变迁，和父亲一起出远门的时候就再也没有了。等我考上大学去报到，父亲送我，依然是坐火车。八九个小时的时间，我和父亲面对面坐着，中午的时候，吃了些东西，父亲喝着自己带的酒，喝了不少，话就更是多了起来。我时而看着车窗外的景物，时而看着父亲，漫不经心地听着他讲。我注意到父亲已显老态，鬓已花白，虽然他还不到五十岁，可是长年的奔波劳碌，风霜已经悄悄地爬上了他的脸。

在学校安顿好我以后，父亲就乘夜里的火车回去了。这一次，和父亲一起出来，却没能一起回去。后来我总是会想，回去的火车上，那个漫长的夜里，父亲是怎样的孤单。

最后一次与父亲同行，是在去年的秋天。家乡迁祖坟，我把父亲的骨灰带回去葬进祖坟。那天很早很早，天还没亮，就上路了。我开车，大姐和表弟抱着父亲的骨灰坐在后面。两个多小时，我一直想着，这是真正的最后一次了，和父亲一起，送父亲回乡。沉默中，一直在想，从小到大，父亲牵着我的手，带我去看外面的世界。而如今的我，也已走进人世的沧桑，这样沉默着，送父亲回故乡的土地里长眠。

而这一次，和父亲一起回去，却是我自己离开。我知道，今生今世，再也不能和父亲同行了，而那条归来的路，和我的孤单一样漫长。

幸运的生活

"有一次,一只蝴蝶误打误撞地飞进了屋里,妈妈关上了门窗。它找不到出口,便在屋里四处飞着,偶尔落在花盆里的花上,或者扑落在玻璃上不停地扇着翅膀。我一直看着它,开始的时候,我很开心,后来,就渐渐地难过起来,因为它和我一样,都被困在屋子里,没有自由。这时候,外面忽然变天了,暴风雨来了,而且持续了很长时间。"

她在讲台上平静地讲述着,我仿佛看到了当年那个小小的女孩,孤独地困囿在房子里,看着外面的世界,眼睛里充满了渴望。

"等暴风雨过去了,妈妈才打开窗子,蝴蝶很快飞了出去。妈妈告诉我说,这只误飞进屋里的蝴蝶是幸运的。我很不理解,她推着我到了外面,暴风雨过后的花园里一片狼藉,地面上都是被打落的花瓣,还有许多死去的蜜蜂和蝴蝶。"

那时候，她明白了妈妈的话，如果那只蝴蝶没有飞进屋里，可能也会死在风雨里。只是她还是有些不太理解，生活和生命不就应该是轰轰烈烈的吗？在尘世的天风海雨中闯荡，即使死了，也是无悔的吧！如果苟活于温室里，眼巴巴望着外面的挑战和精彩，是多么悲哀的一件事！所以，她宁可不要这种幸运。只是这些疑问她没有对妈妈说，她知道妈妈也给不出答案，而且她也知道妈妈是为了她好，是为了开解她，而她每天于这种伤感的心境中依然乖巧地生活着，也同样是为了妈妈，为了妈妈能少为她操些心上些火，为了妈妈对她所有的付出。

讲到妈妈，她很有些动容，那份爱漫流在她的眼中、心中。后来她上学了，在离家很近的一个小学，每天妈妈推着轮椅把她送进教室。上了学的她，终于走进了另一个世界，不只是课本中的，还有身边的她从未曾经历过的美好。比如女生们在下课时，热情地帮她去厕所，还有同学每天都送她回家。而且，一年级的教室在一楼，正常情况下是每升一个年级，教室便要换到高一层的楼上，可是，这个班因为有她，小学整整六年，她们的教室都没有动。

"遇见好心人是一种幸运，那时候我虽然很感动，也很开心，却总觉得自己比别人缺少的，是怎样也无法弥补的，那或许是永远的遗憾了。而且，我想要的幸运，并不是别人主动热情地给予我的，我反而觉得别人都比我幸运，他们能那么任性地在大地上奔跑，我甚至羡慕那些跌倒的孩子。后来，五年级的时候，估计我妈妈也是在经过慎重的考虑之后，带我加入了一个特殊的小团体，每个周末我们都要聚会一次。"

那真是一个很特殊的小团体，成员都是一些少年儿童，每个人都有着不同的残疾。开始的时候，她并没有妈妈担心中的反感情况出现，反而一下子就融入其中。每次聚会，大家都会搞很多有意思的活动，而且活动形式多变，让每个孩子都可以参与其中。有一次，大家很热烈地讨论关于幸运的话题，她起初没有发言，只是静静地听，听着听着，她的心里就激动起来。

一个盲童对一个聋哑女孩说："你是幸运的，因为你可以看到这个世界上那么多美好的东西！"

通过手语老师的翻译，聋哑女孩同样用手语回答："可我看你才是幸运的，你能让世界听到你的声音，你也能听到世界上所有美好的声音，你能用声音表达自己所有的感受，多好啊！"

大家就这样说着，觉得别人拥有自己所没有的，就是幸运。她也很感动，她忽然发现，原来自己在别人眼中也是幸运的，原来每个人都是幸运的。她为此激动了很长时间，也放下了许多心底的烦恼。可是渐渐地，她便又困惑起来，她觉得自己想要的幸运，也不是这样的，而且，和更多的人比起来，她的这种幸运根本就算不上幸运。有时候她也会想，世界上平凡的人那么多，他们和别人比也同样没有任何的优势，他们自己会不会也有这样的烦恼？

"有一天，我在书上看到一个小故事。一个人在一次事故中失去了一条腿,他听说某地有一处神泉,能神奇地治愈许多怪病,于是他也加入了朝圣的队伍。人们笑问他,你想让神泉再帮你长出一条腿来吗?他回答说:不,我只想让神泉告诉我,在失去了一条腿后,我该怎样继续去生活!我不知道大家听了这个小故事会有怎样的感想,反正当时我一下子想了很多。"

她想到,从小到现在,她为了不让妈妈失望,不让妈妈难过,才听从了妈妈的很多话很多安排,这已经成了她人生的一个信念。她忽然觉得,对于她来说,有一个信念,才是真正的幸运。哪怕是最微小的,最朴素的,最简单的,那是所有希望的来处。也许对于任何人都是如此吧,那些平凡的人,他们也是幸运的,因为他们的心里,肯定有一个只属于自己的温暖的方向。

"我从此才真正懂了,能躲避风雨是一种幸运,遇见好心人是一种幸运,有着别人所没有的是一种幸运,而生命中有信念有方向更是一种幸运。能认识到这许多的幸运,就是一种幸福!"

微风吹动花朵

那个早晨,她心里已经有了决定,准备离家出走。昨晚因为一点小事和四姐吵了一架,而父母却明显偏袒四姐,把她训斥了一顿。她越想越气,夜里也没怎么睡好,一直想着怎样让家里所有人都重视她。离家出走是个绝妙的主意,一想到这里,她的心里竟有着隐隐的期待和兴奋,生气的事反而不怎么在意了。

出门之前,她故意从家里人面前昂首挺胸地走过,却没有人注意她,也没有人问她,她用力摔上门,也不见有人追出来挽留。她又有些生气了,不过一想到已经开始离家出走,便又高兴起来。她溜达着出了村,正值夏天,遍地庄稼,她走在田地旁的树荫里,脚步轻快而自由。偶尔有在田里干活的人问她:"小五,玩儿去啊?"她就响亮地答应一声,不让人看出她的异常。

走到离村子很远的地方,她的心里也没有什么害怕的感觉。那个年代的人都很淳朴,而且也没有什么电脑、网络、智能手机,便也不知道社会上有什么不好的新闻,如果放在今天,十二岁的她绝对不敢自己离开家门一步。在乡下倒也流传着一种说法,说是外面有"拍花"的,也就是拐骗小孩子的人,他们手上有一种药,往小孩头上一拍,小孩就会产生一种幻觉,仿佛周围都是水,只有一条路,便乖乖地跟着那人走了。不过她才不信,因为没有听说过哪个村的孩子被拍走过,而且她觉得每个人都是好人。

　　她计划的路线是先去十二里外的镇上,从镇上坐火车,能坐到哪儿算哪儿。她经常跟着大人去镇里,所以路很熟。走到邻村的时候,她知道已经走出三里多地了,稍微有一点累。在邻村村口的树林里歇了会儿,不时地回头看来路,倒是希望家里有人发现她失踪了,跑出来找她。然而路上却是连个人影儿都没有,她继续赶路,心里愤愤地想着,就是有人追来,她也不跟着回去。她不停地回头看,身后依然只有大朵大朵的阳光跟随着。最后气消了些,想,要是真有人追来,如果多说些好话,她也许会跟着回去。穿过了这个村子,又走了一会儿,她又想,有人追来,她肯定会跟着回去。

　　穿过第二个村子的时候,她家所在的村庄早已看不到了,她也知道,肯定不会有人追上来了。她反倒不生气了,也不盼望了,本来就是决定要离家出走的,应该担心家人追来才是,怎么能盼着追来呢?她不禁狠狠鄙视了自己一下。镇子已经在望,她又开心起来,加把劲儿,走进镇子的时候,她的腿已经有些酸痛。还没到中午,肚子却饿了。镇上人可真多,卖什么的都有,她看到大大的烧饼,便馋得不得了,以前她吃过,很好吃。越看越馋,肚子便叫得越厉害,她从口袋里拿出两毛钱,买了一个,一边吃一边往火车站那边走。

火车站的人可真多,她一时有些迷茫,她还从来没坐过火车呢!她站在售票窗口前,看着别人买票,什么时间的票都有,从几毛到几块钱的,去到许多她没听说过的地方。她更不知如何是好了,口袋里只剩下一块多钱,好像也走不了太远,买了票,到时候饿了怎么办?而且看着这许多陌生人,长什么样的都有,确实也有些害怕,她发现还没有她这么大的小孩单独买票坐车,便有些犹豫了。

在一排靠椅上坐下来,一边捶着腿一边埋怨家里人,就不知道让着自己点儿?就不知道出来追一下自己?等我回去,再不理他们!回去?说好了离家出走,回去多丢人啊,可转念一想,这次出来,家里人肯定吓坏了,他们肯定担心死了,哪还会有闲心笑话她?哼,就是要让他们担心!

她终于又走上了回去的路,已经过了中午,虽然找了许多理由说服自己回去,可还是有些灰心丧气。走得很慢,天气也很热,想着家里人此刻肯定是在吃午饭,那就会发现她不在,然后大家就会着了慌,四处寻找。想到这儿,她笑了。再次穿过那两个村子,自己的村子就在不远处了。家里人肯定现在还在满村子找她,也许就有人在村口张望呢!她眯着眼用力向村子看去,却依然看不到人影。直到走进村子，也没有听见她想象中的满村子呼唤她的声音。

到了自己家的院门前，除了大黑狗摇着尾巴跑过来，便再也没有人迎接。推开家门前，她还在想着，自己一进屋，大家肯定都惊喜坏了，都会围着她，安慰她，四姐还会一个劲儿给她道歉，小弟弟则满地乱跳乱嚷，妈妈可能会哭。她满怀希望地推开了门，走进屋里，家里人全在，都在各自做着各自的事，都只是抬头看了她一眼，便不再理会。只有妈妈问："又去哪儿玩儿了一天？连吃饭都不知道回来！"

那一刻，她忽然想笑，笑自己这一去一回想的那么些事，竟然一件都没发生；笑自己认为这么惊天动地的大事，在家人眼里，连个小浪花儿都算不上，顶多就是少吃一顿饭的事情。这也没什么，今天还吃到一个烧饼呢！她便笑起来，笑得大家莫名其妙，笑着的时候，她看到北窗外那丛盛开着的扫帚梅，正被风吹得轻轻摇摆，便失神了片刻。

许多年以后，她早已离家千里，想起当年离家出走的经历，依然会笑出满心的温暖。她知道自己当年肯定不是真心想离开的，她怎么会舍得那么多的亲人，她的出走，就像北窗外被微风吹过的花朵，只是像水面被荡起的小小波纹一般，却是飘散着芬芳，就像她当初笑的时候从心里流淌出来的眷恋。

对岸的温暖是我的天堂

在俄罗斯的远东,中俄边界,黑龙江的岸边,住着这样一户人家,男主人斯克托夫供职于一个林场,女主人昆尼娅是附近小镇上的教师,儿子别罗上小学。这原本是很幸福的一家,可是那年夏天,一场灾难降临了。

闲暇的时候,斯克托夫常带上一只小汽船去黑龙江里捕鱼,由于是界河,他捕鱼的范围只能在岸边到江心附近的位置。黑龙江中盛产的大马哈鱼让他们百吃不厌,同时在别罗的心中,也对这条神奇的大江充满了好奇。他极羡慕父亲,可以在风浪里穿梭。而更吸引他的,是对岸的世界,他对中国人并不陌生,镇上就有许多中国人在做生意。他所感到神秘的,是一江之隔的那个古老国度,想象不出那里是什么样子。有时在夜里,他看见对岸村庄中的点点灯光与星星连成一片,便悠然神飞,他常常问妈妈:"那边多美呀,是不是就是传说中的天堂呢?"

那一年别罗读小学四年级，暑假的时候，他总是一个人坐在岸边，向对面观望。有一天，他发现在对岸的水边，也有个男孩坐在那里。他兴奋起来，站起身大声地呼喊着，由于此处江面很宽，他不知自己的声音能不能飞过大江。他看见那个中国男孩也站了起来，扬着双臂似乎也在喊着什么。虽然他听不见，却依然很是高兴，那个夜里，他做了一个极甜美的梦。自那以后，他更是常去岸边，经常能看见那个男孩，虽然只是一个遥远的身影，可他们能够彼此观望，打着莫名的手势，也足够欣幸的了。

终于有一天，别罗抑制不住内心的冲动，偷偷把父亲的小汽船费力地拖到岸边。他将船放下水，慢慢地向江中划去，流水将小船向下游冲去，不过也渐渐地向江心靠近。别罗只想真切地看一看那个中国男孩的脸，那个身影越来越近。忽然，他听见身后的岸边有呼喊声，回头一看，父亲正焦急地向他打着手势，让他把船划回来。父亲怕他越过国境线，喊得喉咙都哑了。别罗终于听明白了，此时江心的国界线已非常近了，他慌忙掉转船头往回划，可惊乱之中，那船越来越不好控制，加上浪大水急，竟团团打起转来。他心中恐惧到了极点，奋力地挥动小桨划着，却是越弄越糟。终于一个浪头打来，小汽船翻了，落下水的刹那，别罗向对岸看了一眼，那个中国男孩正惊慌地站起，满脸恐惧和担心。

一见到别罗落水，斯克托夫来不及脱衣服便跃入江中，奋力地向前游着。由于是禁渔期，江中根本没有人。这一场事故的结果是，别罗得救了，父亲却永远也回不来了！别罗宛若大病一场，一想到父亲因自己而死，心中就会涌起巨大的悲痛。他变得恍恍惚惚，有时会逃课来到江边，面对一江流水怔怔发呆。而对岸的男孩仍在，却亦是沉默。有好几次别罗都想跳进水中，是妈妈把他拉了回来。妈妈对他说："你不是常说对岸就是美丽的天堂吗？你爸爸就是到那里去了，和那个男孩一起看着你，你再跳下去，爸爸看了会伤心的！"

　　那年冬天格外地冷，黑龙江也冻得结了厚厚的冰。别罗依然常在岸边，寒冷对于他来说仿佛不存在般，可他再也不想徒步从冰上走到江心去，这条吞没了父亲的大江，让他有一种本能的恐惧。有一天他发现，对岸的男孩拿着一只水桶样的东西在忙着，不知做些什么。他好奇地看着，见那男孩在桶里装满水，然后冻出了一个个桶样的冰块来。忙了许久，那个中国男孩站起身，扬手向他比画着，他看了半天也没明白是什么意思。只见那男孩把那些冰块在岸边摆放着，不知那男孩要做什么。

　　那天晚上，别罗站在院子里，偶尔向江那边看了一眼，忽然发现江那边的岸上亮起了灯光！他大惊，便穿上厚厚的棉衣向江边跑去，妈妈不放心，连忙跟在后面。到了岸边，他看清了，那些白日里冻成的冰块之中，都亮起了融融的灯光！别罗知道那是最简易的冰灯，在冰里面放上点燃的蜡烛，只是那些灯火似乎排成了很有规律的模样。转头间见妈妈的眼睛湿了，妈妈对他说："那是四个中国字，爸爸爱你！"那一刻，遥望那一处灯光，还有光亮中那个男孩的身影,别罗终于相信,对岸是美丽的天堂,父亲就是去了那里。而那个中国男孩,就是善良的天使!

那片灯光在眼中模糊了,别罗忽然觉得这个冬夜不再寒冷,因为在对岸闪烁的那一片光晕之中,他看到了最温暖的天堂。

借花

夏日的早晨,母亲又在阳台上侍弄那些花草,清新的阳光在窗外飞舞,长长的风也不请自来,轻轻摇动那些花叶。这个时候,邻家大婶来到窗前,拿着一张纸,对母亲说:"老大姐,还得麻烦你借几盆花给我。"说着把那张纸递过来,母亲没接:"我知道,和前几次一样的吧?"

当邻家大婶乐呵呵地一盆一盆把花搬走,我问母亲:"这个大婶借花干什么?"

母亲告诉我,从六七年前开始,每一年大婶都要来借几次花,盛夏和寒冬的某个时候是必要借的,而且会借上好些天,其余的时间则是不固定,有时候一年也没有一次,有时会有好几次。她从来没说借花做什么,母亲也没有问,只是母亲发现,每次借花的日子,她家里都有人回来,一个女孩,是她的女儿,听说在外地上学。

其实邻家大婶年龄并不是很大，和外貌很不相符，母亲说她才只有五十多岁。平时很难得见到她，她每天很早就出去，晚上回来时早已繁星满天。她以前在一个很好的事业单位上班，据说后来单位鼓励早退休，而且退休后各方面待遇都很好，于是她就退了。退休后由于年龄还不大，闲不住，便起早贪黑地在大市场里卖蔬菜水果之类的，也不怕辛苦。

于是我就猜想，她可能是因为女儿寒暑假或者平时假期回来，才来借花，想把家里弄得有生气一些。毕竟她的丈夫去世得早，是她辛苦养大孩子，并供孩子上学。所以女儿回来，她要努力让这个家一直是女儿心中最芬芳的盼望。

果然，几天后邻家大婶来还花时，对母亲说："我以前也一直养花，养了很多，我闺女喜欢花，一直到她上大学的那年，我才不养了。"

从她和母亲的闲聊中，我终于明白了事情的原委。大婶女儿上大学后不久，她就提前退休了。其实，那并不是退休，而是被下岗了，只给了她一笔不多的钱，她一下子失去了生活来源，还要供女儿上学，便用那笔钱做本钱，开始卖蔬菜水果。为了不让女儿牵挂担忧，更不想女儿因此自责，她才告诉女儿也告诉别人，自己是提前退休的。大婶每天都忙忙碌碌，累得要死，没有时间也没有精力再侍弄那些花草，于是那些花草就都死了。

女儿大学第一个寒假回来之前，她忽然觉得家里没有了那些花，可能会让女儿起疑心。她偶然发现我家阳台上有许多花，而且很多都是她以前养过的种类,她便把女儿最喜欢的那几种都写在纸上,来我家里借。女儿回来果然没看出什么,依然是那么喜欢那些花儿。

她说:"我闺女今年就研究生毕业了,她告诉我已经找到了一个很好的工作,这回我是放心了!"

我在一旁听得既感动又欣慰,感动着她为女儿的付出,也欣慰着她终于熬出了头,不用再这么辛苦。我觉得那几盆花,在她和她女儿的眼中心底,一定有着各不相同的温暖吧!

快过年的时候,非常冷,在一个大雪纷飞的上午,邻家大婶又来借花。她满脸的幸福,见到母亲就说:"我闺女要回来过年了,今天到家!她上班好几个月了,比我原来说的更好!"

正月初二的那天,有人敲门,开门一看,是一个很漂亮的女孩。她说是邻家大婶的女儿,手里还提着不少礼物,来看望我母亲。她很能说,也喜欢笑,给人很亲切的感觉。她说她妈妈出去买东西了,她才抽空过来,她对我母亲说:"谢谢你,大娘,谢谢你每次都借花给我妈,我很喜欢那些花,就像当年我妈养的一样!"

母亲和我都听得很惊讶,原来她早就知道了。女孩忽然很动情地说:"其实,我考上研究生的那年就知道了,我妈根本不是退休,而是下岗了,她每天拼命地干活,就是为了供我上学。我如果早知道,就不会选择读研了,让我妈多受了三年的罪!我只好努力学习,想找个好工作,以后让我妈过上好日子,幸好现在已经有了一个很好的开始了！"

感动重叠着感动，我知道，这个女孩子，是背负着多少感恩和愧疚，才努力走到今天。临别的时候，她还一个劲儿地叮嘱我们："我妈不知道我发现了她借花的事，你们千万别告诉她啊！"

过了初五，有一天邻家大婶来还花，依然满面笑容。母亲问她："你闺女知道你借花的事了吗？"

她笑着说："不知道！她还要接我去她那儿住，说现在条件好了，让我去享受享受。可我哪能去啊，这些年都习惯了，是真闲不住。"

说着这些的时候，她心里的幸福已经满溢出来了。而我在一旁听着，听着，不知不觉地听出了满眼的泪花。

最难忘的第一次

有一次回故乡,和许久不见的老朋友们相聚,畅谈之间,不知怎么就说起了"第一次"这个话题。有人就提议,大家都说说自己最难忘的第一次是什么。于是大家欣然响应,每个人都若有所思,回想自己最为留恋的那个时刻。

我在一旁默默听着,心里充盈着感动。那么多的第一次,仿佛成长中一步又一步的幸福,把我们的心引领到一个美丽的境界中去。你还记得自己第一次走夜路吗?记得第一次收到礼物吗?记得第一次在众人面前讲话吗?记得第一次悲痛欲绝吗?记得第一次去远方吗?

后来,他们问我最难忘的第一次,其实我也想了很多,第一次发表文章?第一次出书?第一次获奖?或者第一次成为双胞胎女儿的父亲?第一次感到无能为力?很多很多,虽然难忘,却不是最难忘。其实,我最难忘的第一次,和别人说的都不一样,那许多第一次，都是美好的，而我的那个第一次，却是不愿回想，不想再拥有的。那就是我第一次失去亲人！而且，父亲的去世是很突然的，我完全没有心理准备，猝然而来的永别，成为心底永远的疼痛。

回来之后，我在朋友圈里也问了这个问题，大家都很踊跃，看来，第一次，在每个人的心底，都是一个特别的经历。各种各样的第一次，各种各样的情感，各种各样的眷恋，汇集成长长的一生中永远的怀念。有一个中年男人讲了一个很完整的故事，很是让我动容。

他说，他出生在一个很偏远落后的山村，村里的每一户人家都很贫困，他作为家里最小的孩子，才有幸上了学。可是读完小学后，父亲便不再让他读书，而是想让他和哥哥们一样干活谋生。他很倔强，不管父亲怎么说，怎么打，怎么骂，他都咬紧牙关，坚持要上学。父亲很厉害，是家里绝对的权威，别说对他们哥儿几个，就是对他们的母亲也是打骂随心，这也是当年山里人的陋习。

可即使如此，他也毫不动摇。开学后，他就去学校上学，没钱交学费书费，他就声泪俱下地求校长，说以后家里会来把钱补上。这更是惹恼了父亲，几乎每天都要打他，还声称要打断他的腿，让他去不了学校。可是每一次，他都是鼻青脸肿一瘸一拐地来到教室。后来，他获得了胜利，父亲不再管他，而母亲也常常偷偷给他一些钱。父亲从此见他一句话也不说，两人形同陌路，他也曾在心里记恨着父亲。

后来,高中毕业,他也参加了高考。收到录取通知书的那天,他兴奋得快要跳起来。他是村里第一个大学生,想起父亲,也不再有那么多恨,因为后来家里境况好了许多,他在城里上高中住校,父亲也没有提出异议,也给他学费和生活费,只是依然不和他说话。那个傍晚,他在村里闲逛,村中间老井处,许多人在那里抽烟唠嗑。他发现父亲也在,大家围着他,带着羡慕的表情,父亲也是一脸的骄傲。

他在朋友家里玩到很晚才回去,走到家门前看到一个人影正倚在院墙上,肩膀耸动。他悄悄走近,竟是父亲,好像在哭,父亲忽然转过头,在月光下,父亲的脸上亮亮地淌着两条溪流。他看得呆了,父亲也呆了一下,立刻便做出凶狠的样子,瞪了他一眼后进了院子。他久久地站在那儿,也哭了。

他对我们说:"我妈后来告诉我,那些年家里很困难,她偷偷给我的那些钱,都是我爸让她给的。我从小到大,从没见我爸哭过,我接到录取通知书的那天晚上,他是第一次哭……"

我们全都默然,这样的第一次,该是包含着多少复杂的情感和深沉的回忆,才使得他在多年以后,依然于心心念念间流连不已。

也许正是因为有了一份情感,有了一种感动,我们生活中的许多第一次,才会成为生命中最美好的第一次。

冰冷里的微笑 /

一顶破得不成样子的帽子，盖不住男人乱蓬蓬的头发，身上一层一层地穿着许多衣服，却都是千疮百孔，似乎长年不洗的脸上已看不出本来面目，所以根本无法判断他的大概年龄。只见他用一个破盆子装了一盆雪，转身进了屋内。

那房子在穿城而过的铁路边，同铁路一样，都是已经被废弃的，几乎没有门窗，只用一些破塑料布胡乱蒙了一层，在呼啸的北风里，房子很有些摇摇欲坠的感觉。这样的房子里，天气暖和的时候，偶尔会住着一些流浪汉，可这样寒冷的冬天，里面除了风会小一些，温度和外面几乎相差无几，竟然还有人住在里面。

我跟到门前，门其实早已没有了，一条不知哪里捡来的破棉被挂在门框上，阻挡着风雪。犹豫了一下，我放弃了掀被而入的想法，来到窗前，从塑料布的破洞往里看去。好一会儿，眼睛才适应了里面的昏暗。已经坍塌了半铺的土炕上，在很多破棉被堆里，躺着一个瑟瑟发抖的小孩，由于光线和角度的原因，看不清小孩的样子，只看见男人正用雪给小孩搓着手和脚。我便明白，小孩一定是冻伤了，我们这里冻伤的情况下，都是先用雪搓受冻部位，据说是可以引出寒气，如果直接烤火，寒气深入体内，反而不好。

我看了看屋里其他地方，并没有火炉一类的取暖用具。住在这样一个四壁漏风、门窗俱无的房子里，再没有火，夜里将是怎样的寒冷，即使破棉被再多，怕也无济于事。怀着一种担忧和沉重，我离开了铁路旁的破房子。

第二次经过废弃的铁路边的时候，已是两个月以后，冬天也行将到了尾声，不过依然寒冷。破房子依然矗立在那里，我放慢脚步，忽然那个男人掀开门口挂着的棉被走出来，在雪地上装了一盆雪，端进屋里。然后又出来，又弄了一盆回去。来来回回好些趟，直到他不再出来，我才靠近过去。想着那个孩子可能又冻伤了？那也用不了这么多雪啊！

从窗户塑料布的破洞看进去，似乎比上次明亮了一些，地上有烧过木头的痕迹，看来他们也有取暖的办法。半截炕上依然是一大堆破棉被，那个孩子依然躲在棉被里，只露出一个头来，是个小女孩，分辨不出年龄，估计不会超过八岁的样子，此时她的眼里全是好奇和兴奋，看着男人在地上忙活。

地上堆了一大堆雪，男人正在不停地用手拍打整理雪堆，我知道了，他在堆雪人。雪人并不大，很快大体形状就出来了，男人一边干着，一边冲着女孩笑，女孩也笑。雪人很快堆好了，眼睛鼻子都找土块镶上了，嘴却是用一根弧形的细树枝代替，看着很传神，就像是在微笑。两只胳膊就是两根木棒，女孩从棉被堆里翻出一个破红领巾，男人给雪人系在脖子上。立刻，屋里又亮堂了许多，雪人的微笑，男人和女孩的微笑，似乎也让这个空间温暖了许多，连我的目光和心也都感受到那份淡淡的暖。

　　回去的路上，我不停地猜想着，可能那个女孩冻伤了，不能走路，却想看雪人，于是男人就在屋里给她堆了一个。屋里和外边温度差不多，雪人堆好后一时也不会融化，女孩可以看很久，以此来编织她心里属于她那个年龄的童话。他们可能是父女，也可能就是相依为命的两个无家可归的人。可是却在这个冬天里，用微光点亮了寒冷。

　　第三次路过那段铁路的时候，已是春夏之交，铁路旁的野草长得老高，那所房子的周围长满了蒿草，间或有一些不知名的野花在阳光下开放。房门口挂的破棉被已不知去向，窗上蒙着的塑料布也都破碎得随风飘动，除了偶尔的鸟鸣，一片阒然。我走进门，男人和女孩都不见了，炕上的破棉被还在，地上除了火堆留下的一小块焦黑，曾经雪人站立的地方，一点儿痕迹都没有了。默默站了会儿，我走出来，走进阳光下，走进草气花香里，心里盈满希望。

　　我想，随着春天的到来，那个女孩身体一定好了，他们迎来了温暖，可能去到更好的地方，或者是回家了吧！不管怎样，我知道，此刻，他们定是带着温暖的笑意，走进一个美丽的季节。

我的童年，你的手心

那个年代，特别是农村，每家都有很多孩子。我家算是最少的，只有三个。大姐比我大五岁，沉静内向，除了几个亲戚家，一般不去别处；二姐比我大三岁，活泼开朗，村里很多人家都曾留下过她的笑声。

二姐经常带我出去玩儿，牵着我的手，我在那只手的温暖里，走过那些布满牛羊蹄痕的土路，走进每一户人家。在我懵懵懂懂的记忆中，有一次，二姐带我去野外玩儿，同行的有好多女孩，大多领着一个小弟弟。在乡下，经常可以看到姐姐牵着弟弟的手，女孩除了是姐姐，还是小妈妈。在村南的一段土路旁，是一丛丛很矮很密的树，我们便分别占领了一丛树，枝叶底下干爽而凉快，夏天的风和阳光纷纷从枝叶的缝隙间漏下来。我们坐在那儿，便成了一个个小小的家。

不远处的地面上，形成了许多很规则的裂纹，把地皮分割成大小差不多的小方块儿。我们便去挖那些小方块，作为"家"里的"食物"。当我拿着挖来的"食物"回"家"时，走进树底，却发现是一个不认识的女孩也带着一个小弟弟，便一下慌了。那女孩笑着说："哟！来我家串门了？还带好吃的来了？"我站在那儿不知所措。因为每一"家"都差不多，我稀里糊涂地走错了家门。这时候，二姐找来了，她站在那儿叫了我一声，便看着我笑，那个女孩也笑。我赶紧跑到二姐身边，二姐拉着我的手往回走，那一刻，感觉很温暖、很安心。

  大约三四岁的时候，有一次生病，村里的医生给我打针，却扎到了坐骨神经，导致我好几个月不能走路。于是二姐就一直背着我，在她的背上，我看到她的脖子上都是汗水。后来二姐便牵着我的手，让我慢慢走，一小步一小步，慢慢地走过那些熟悉的地方，慢慢地走过童年的岁月。当时很多人都为我庆幸，说是扎到了坐骨神经，一般是要瘫痪的，而我，却自己恢复了过来。很多年以后，我回想，如果没有二姐牵着我的手，我可能不会恢复得那么快。

  二姐从不打我，我耍脾气，气得她直哭，她顶多是不理我。有时候气急了，她便自己出去玩儿。可是用不上半天时间，她就又拉起我的手，去找她那些伙伴。当我闯了什么祸，或者惹得爸爸妈妈发怒，要打我的时候，二姐总是拼命拉着，用身子护着我，为此，她挨了不少打。即使我长到很大了以后，有时候妈妈打我，她依然护着我。

五六岁的时候，我对学习开始感兴趣，二姐就不厌其烦地教我，还带着我去别人家借书看。渐渐地，我长大了些，也上了学，就不再让二姐带着，而是自己跑出去玩儿，偶尔看到一些女孩牵着弟弟的手，心里就会暖暖的。更大些的时候，我也和伙伴们一起走东家串西家，有时候会遇见二姐，便很想念曾经的那些时光。所有的童年过往，我的手都是躺在二姐的手心里，在那份暖暖的关爱里，走过的岁月便也有了让我一生眷恋的温度。

　　多想让二姐再牵一次我的手，可是，已成少年的我，不好意思再跟着二姐玩儿。虽然松开了二姐的手，可是留在心底的感动和回味，却是如脚下的路那般长。我的童年是在姐姐的手心里度过，所以，那么多朴素清贫的岁月，都成了我一生的流连。

你的微笑，我的流年

一

小学五年级的时候，我的成绩已经是全班最好的了。虽然是农村的小学，可我那时经常去镇里甚至县里参加一些竞赛，大多数是第一名，偶尔第二第三。以前我的学习只是一般，直到五年级的时候换了一个新的班主任，那是一个年轻的姑娘，是邻村的。她长相普通，却极有热情，和我们相处得非常开心快乐。

我当时很内向，也很腼腆，别人和老师说笑的时候，我都是在一边看着，那时候我不认为老师会喜欢我，所以，我很知趣地不往前凑，即使我的学习越来越好。老师很喜欢笑，总是哈哈大笑，她几乎和每个同学都那样笑过，除了我。

第一次去镇上参加数学竞赛，是老师带我，我们步行了十二里路。一路上也没有多少话，老师偶尔问我，我也只是简单地回答。到了考场外面等着的时候,她也没和我说竞赛时需要怎样怎样,却是问了我一个很意外的问题:"听说你有两个姐姐,你喜欢你的姐姐吗?"我愣了一下,傻傻地点头,她轻笑了一下。我从没见她这样笑过,竟然觉得挺好看的。

该进考场了,进门前我回头看老师,她远远地冲我微笑,很动人的微笑,我的心里一暖,便再也没有了紧张的情绪。考完出来的时候,老师在大门外等我,依然远远地就对我微笑。回去的路上,依然没有多少话,她也没有问我有什么样的题,难不难,考得怎么样,让我很是放松。

那以后,我依然是老样子,老师也并没有对我有太多的不一样。只是每天上课的时候,她有时会转过头来,很快地微笑一下,也许别人没有注意到,但是每一次我都捕捉到了那丝笑容。我知道,那是老师特别给我的。

二

在农村的初中只读了半年,我家就搬进了县城,我也转到了县里的中学。从乡下到城里,从一个学校到另一个学校,第一次离乡,双重的陌生,让本来就内向的我,更加沉默。加上农村和城里教学水平的巨大差距,以前的优秀在这里根本不算什么,所以,我除了沉默之外,还很自卑。

我的语文老师是一个不到四十岁的女人,很严肃,基本不笑,即使对班上学习最好的同学,也是冷冰冰的。过了一段时间,我也像其他同学一样,习惯了她的表情。我记得有一次是当堂写作文,老师也没有什么具体要求,就让我们随便写,感觉什么能写好就写什么。对于写作文我还是有点信心的,所以那堂课过得很轻松。

又隔了一堂课的课间,我在操场上闲走,路过办公室的时候,无意间隔着窗子往里看了一眼,却看到一张微笑的脸,竟然是语文老师!我以为自己看得不真切,忙低下头定了定神,再次向窗里看去,语文老师还在对我微笑,然后,那微笑就隐没了。我心里很是激动,走出很远,还在回味着,犹自怀疑刚才是自己的幻觉。回想那一瞬间的微笑,仿佛冰层乍解,老师突如其来的笑容,带给我很温暖的感觉。

第二天上语文课的时候,老师读了我的作文,这让我极为惊讶和振奋,我作文的题目是《在一朵微笑里回忆故乡》,老师读得很有感情。作文本发回来后,我看到后面老师用红笔写了满满一页的评语,还说到她也是离开故乡很远很久了。我很感动,从那以后,对学习有了很大的信心。

语文老师的那一个微笑,点亮了我的整个初中时代。

三

高一的时候,还没分文理班,历史课是我很喜欢上的。因为历史课比较有意思，而且，可以不用那么紧张地听老师讲。历史课本里的插图比较多，我们那时都喜欢把那些插图改得面目全非。

有一堂历史课，我刚刚把插图中的两个人改成自相残杀的样子，可能由于画得太过投入，老师走过来我竟全然不觉。历史老师是个中年男人，他拿起我的书仔细地看着，我看到他的脸上露出一丝笑意，如微风拂过水面，浅浅的涟漪瞬间消散。他沉着脸把我的书拿走了，并丢下硬邦邦的一句："下课到办公室找我！"

我想这下完蛋了，同学们都幸灾乐祸地看着我，老师这是要"杀鸡儆猴"啊！下了课，我刚一进办公室，就看到历史老师正拿着我的历史书饶有兴致地翻看，嘴角还牵扯着若有若无的笑意。我一时暗叫不好，因为几乎每一幅插图都被我改编了。看到我进来，他立刻面沉似水，把一本新的历史书扔给我："用这本，你的这本我没收了！"见他并没有继续说话的意思，我就离开了。出门的时候转头一看，他翻着我的历史书正咧嘴欲笑，见我回头，立刻收回笑容，瞪了我一眼。我没走出多远，听到身后办公室里传来压抑着的笑声。

高二开始的时候分文理班，我学理科，便去了别的班。有一天上午正好遇见历史老师，他微笑着对我说："你的那本历史书我留作纪念了，很有意思，把你的想象力好好用在学习上吧！"

虽然已经是深秋，刹那间，我却感受到了春天的气息。

四

　　那门专业课的老师极其爱笑，而且是个男老师，并不年轻，就是不笑的时候，也总似嘴角挂着笑，眼中含着笑。若是遇见什么可乐的，他脸上就会立刻绽放出满满的笑意。

　　上大学时我更沉默，也许是依然有着自卑的心理。只是每次上这个老师的课，看着他的脸，心里就特别平静，甚至有着一丝喜悦。所以，那时候最喜欢那门课，也最喜欢听他讲课。其实是喜欢那种感觉，看到他的笑脸后心里有一种平静的感觉。那许多日子，只有在面对老师的笑容时，才使得我灰暗的心境有了些许亮色。

　　快毕业的时候，才听别人偶尔说起，这个老师其实经历挺坎坷的。他的妻子早早地抛弃了他和孩子，他一个人抚养着孩子，既当爹又当妈，还要上课，很不容易。当时我很震惊，在这样的情况之下，他依然每天脸上都挂着笑容，那该是怎样的一颗心啊！即便在黯淡的际遇里也能一直生长出美好的希望，并点染别人的眼睛和心灵。

　　所以，在以后那么多的日子里，每当失意时，每当落寞重重时，我都会想起他的微笑。

你还记得那句话吗?

前几年的时候,小区里有一个流浪汉,看不出他的具体年龄,似乎智商有些问题,也有人说他从小就是自闭症,后来父母意外双亡,才变成这个样子。他从不和别人说话,每天都是翻找着垃圾箱。有一次,我路过他身旁,听到他含糊不清地自言自语说着什么,便放慢脚步,只听他一直重复着、重复着。

终于听清他所说的,便心生感动,他让我想起了一个人。

他很小的时候,有一个晚上,听说邻村放映露天电影,便偷偷和几个小伙伴跑了去。看得很是开心过瘾,可是散场的时候,小伙伴们都有些害怕,并不是怕那三里夜路,而是怕回家挨打。虽然还并不是很晚,可是他心里也惴惴不安,几乎是一步一步从院门蹭到家门,然后鼓足勇气打开门。爸爸妈妈都没睡,出乎意料的,一向严厉的爸爸并没有打他,而是狠瞪了他几眼,妈妈一把拉过他,只轻轻地说了一句话。他顿时放下心来,随即心上又涌起暖意，连爸爸瞪他的眼神他都觉得可爱起来。

在镇上读初中的时候，他忽然迷上了打台球，那时住校，每月仅有很少的零花钱，买笔和本子一类，吃的都是自己家带来交给食堂的米和菜。他似乎对打台球很有天分，看了几次，第一回上手就相当不错。这勾起了他极大的瘾，只是那点钱根本不够他玩儿。后来他就和别的孩子赌，起初是谁输了谁付钱，后来渐渐地就胆大起来，输了的不但要付钱，还要给赢家钱。虽然是小钱，可是却很牵扯精力，他开始逃课，开始编各种理由请假。

终于有一次，爸爸来学校送米送菜，事情就暴露了。当时他不在学校，班主任老师说他请了两天假，因为他的爸爸病重，他得回去照看。爸爸听了什么也没说，走出校门，满镇寻找，终于在一个台球厅里看到了他。当时他被爸爸的一阵拳打脚踢吓坏了，他被爸爸扯着胳膊送回学校，爸爸对老师说："他全是撒谎，以后不要给他假，要是他不听话偷着跑出去，就把他开除，活该他当个睁眼瞎！"他很羞愧，也很害怕，好几个星期没敢回去。终于那个周末回了村，到了家，妈妈很高兴地拉着他，一个劲儿问他在学校吃不吃得饱，他听见大仓房里有干活的声音，便走进去，爸爸手持锯子，身边还有斧子之类的，正对着一堆木头挥汗如雨。爸爸是个木匠，经常都是这样劳累着，他看着这个场景，不禁有些愧疚，便叫了一声"爸"，爸爸抬起头来，擦了把汗，看到他愣了一下，然后粗声说了一句话。他听了眼中一热，心里一热。

　　这之后他努力学习，考上了县城一中。本来学习很好，可是后来因为早恋，成绩一落千丈，所以高考失败。那段时间他心情烦躁，和父母又大吵了一架，一气之下离家出走去闯天下。在远离家乡的城市，他受尽白眼冷遇，吃了无数的苦，最后终于无奈地踏上了回乡的列车。他永远不会忘记父母见到自己时那一刹那的神情，还有之后那句让他泪流满面的话。他安心复习，第二年终于收到了一所大学的录取通知书。

　　大学毕业后，他先是被分回县里一个很好的事业单位，后来不甘心过那种日复一日的平淡生活，便不顾家人的反对，毅然辞职，只身去了大都市打拼。历尽艰苦，曾有过落寞，也曾有过辉煌，在大起大落几次之后，终于跌落到底，再无重来之力。当初怎么离开的，他又是怎么回来的。面对那扇熟悉的门，如今门内的两位亲人已垂垂老矣，他的脚步是如此沉重。白发苍苍的父母见到儿子，不提他在外面的一个字，只是亲切地看着他，说出了那句话，那句每次他回家时他们所说的话。

　　他给我们讲这些经历的时候，虽然都是很寻常的故事，可是那几乎贯穿了他前半生的那句话，却很是让我们动容，并深有共鸣。

　　你还记得，每次黯然归来时，父母对你说过的那句话吗？就像小区里的那个流浪汉，他不停地重复，喃喃地说着，不知是曾经父母对他说过，还是他曾对自己的儿女说过的那句话，只是此时，他只能说给自己听。所以，听到的那一刻，我的心里便翻涌起这许多往事。

也许天下的父母都会对儿女说出那句话，也许很多儿女都会铭记那句话，那是怎样直指人心的一句话啊，虽然它只有短短的四个字——

"回来就好！"

很抱歉，我还活着

认识一个九十多岁的老奶奶，她老人家真是让人钦羡不已，这么高的年龄，头脑依然灵活，看书眼不花，写字手不抖，玩起智能手机来比年轻人还在行。而且身体很硬朗，每天都要散步出去很远。她说话很幽默，反应也特别快。

逢年过节，儿女们都拖家带口地从各处回来，四世同堂，热闹非凡。每次看到这么多的后代在身边，她都会很开心地笑，然后说："很抱歉，我还活着，拖累你们从那么远回来看我！"于是大家都笑，说："那您就一直这样抱歉下去才好！"

她说了那么多有意思的话，就这句"很抱歉，我还活着"我记得最清楚。所以我后来看书的时候，在书中看到同样的话，非常亲切和惊讶。

书中也是说到了一个老奶奶，她是法国人，住在法国南部的一座小城里。她晚年一直孤身一人，90岁的时候，有一个当地的律师看上了她的房子，就找她商量，他每月付给老人500美元的养老金，直到她寿终正寝，之后她的住房永久归属于他。老人很爽快地答应了，这个律师也非常高兴地和老人签了一份契约，他觉得自己是占便宜了，他断定这个老人活不了多久。

然后，律师就充满信心地等待老人过世，谁知这一等竟然就是30年。他已为老人付出了18万美元的养老金，已然是这所房子的价格的3倍。而他也已经77岁了，他真害怕自己会死在老人的前面。当老人过120岁生日的时候，国家卫生部部长代表总统向这位老人表达祝福。而律师早在老人过生日之前，一气之下跑去外国度假了。

可是，虽然他跑到国外，还是收到了老人的一封短信，每年过生日的时候，老人都要给他寄一封短信，信上只有短短的两句："很抱歉，我还活着！"

我曾问过老奶奶，她总说的这句话，是不是从这个故事里学来的。她说根本没看过这个故事，那句话，是从她70岁的侄子那儿学到的。她侄子60多岁的时候，有一次走在路上，被一辆车给撞了，撞得很严重。车上的人下来查看他的状态时，他努力睁开眼睛，说："我知道撞伤一个老年人比撞死了还要麻烦，可是很抱歉我还活着，希望你们不要再撞我一次！"

老奶奶笑着说："没想到我那侄子一把年纪，竟然也这么幽默！书上写幽默可以使人心情愉悦，所以身体才会健康，才会长寿，看来是有科学道理的！"

人到老年，经历了一生的各种际遇，许多事情便都已看开看透，也都已经放下。如果可以以一颗孩童般的心态看待世事，则会真正做到悠然、超然。我希望我到了老年，也能做到超然物外，即使不能活得更久，也要笑着度日。哪怕是生命最后的一天，也能很自然地说："很抱歉，我还活着。"

　　就像老奶奶那般，云淡风轻，又阳光普照。可是，有一次，我听她说同样的这句话时，却有着另一种情感。

　　那一天我去拜访她，她正对着已故去多年的老伴的照片说话，我也只听到了最后几句：

　　"很抱歉，我还活着，不能过去陪你！"

信封里的秘密

上了火车,安顿好之后,她倚坐在下铺,便开始饶有兴致地研究手里的信封。

初次离家,去远在两千公里外的城市拼搏,她心里的豪情正肆意疯长。父母给她带了许多东西,还有一堆的唠叨。临上车前,父亲郑重地把这个信封递给她,并告诉她,一定要到最绝望的时候才能打开,否则就不灵了。那一刻,她想笑,却忽然觉得心里很沉重,又很温暖,也没有说什么,只是把信封捏得紧紧的。

她把信封翻来覆去地摆弄,想象早已插上了翅膀。这里可能是一张支票或者一张银行卡,这样,她失败的时候就有资本东山再起了。转念一想,一是父母不会做这样的事,二是家里的情况也不可能有太多的钱给她。再说,何必弄一个信封装着,不如到时候直接手机转账给她,多快捷多方便!

那就可能是一封鼓励的信，她知道父亲擅长用信交流，她清楚地记得，小时候有一次父亲和母亲不知因为什么事吵架，母亲不理父亲，父亲就写了一张纸又一张纸的字，贴在门上，或者放在母亲的枕边，或者在母亲上班前偷偷放在母亲的背包里。她便笑，觉得是一封信的可能性不大，因为真要到了山穷水尽的地步，再会说理再会以情动人的父亲，也不可能凭着一封信让她走出困境。

　　那么，就是她小时候和青少年时期，随手写下的梦想一类的纸片。她那时候有这样的习惯，有什么新的想法、新的梦想，便都记下来。她知道那些她随手写下又随手一扔的纸片，都被父母收藏了起来。或者就是她上学时候的成绩单，啊，她想起来了，更可能是她曾经写给父母的一份检讨。高中时有一次她和几个同学逃学，去看一个明星的演唱会，被学校处分。父母严厉地要求她写检讨，她便写了一页，什么以后一定好好学习、不辜负自己的梦想之类的。会是这个吗？

　　然而她觉得这些都不太可能，那么，是不是会像故事中说的，只是一个空信封？其实父亲只是给了她一个精神上的后盾，让她在艰难的时候一想到还有一个可以挽回一切的信封，便会没有后顾之忧，从而再度鼓起勇气。想到这个可能，她自己都笑了，觉得真是太不可能了！

　　那到底会是什么呢？她用手摸了摸，又轻轻捏了捏，举起来迎着光亮照了照，里面似乎真的有一张折叠的纸，而纸里好像还包裹着什么东西。莫非是贵重的首饰？可是又轻飘飘的。她的心里痒痒的，好几次都有冲动想把信封拆开，可是一想到父亲郑重的神情，便也按捺了下来。

到了陌生的城市，一切都是新奇的，且充满了挑战，她开始投入到自己的生活之中，有坎坷，也有精彩。每天奔波忙碌，渐渐地就忘了那个信封，她觉得自己不会有失败，即使有，也不会绝望。日子就这样一天天过去，她也经过很长时间的浮沉，终于算是取得了成功。一切都向着最美好的方向发展着，她有时候会想，这就是幸福吧！

就像你们想象的那样，她的失败接踵而来，而且来得极为突然。她仿佛断了两条腿，一下子失去了奔跑的能力。多少个夜晚辗转难眠，痛苦如影随形，而多少个白天，如同长夜一般黑暗。忽然在那个春夜里，她想起了那个信封。她霍然而起，满屋翻找，最后终于在皮箱最底层的角落里发现了它！她把它紧紧捏在手里，就像当年上火车前一般，仿佛最后一根稻草，她的心里有着热切的期盼。

拿着信封，终于要拆开了，在拆的过程中，她祈祷着，千万不要是曾经在火车上猜测的任何一种设想，因为此刻她深知，那些，都给不了她帮助。信封拆开了，里面真的是一张纸，折叠成一个更小的信封的形状，小心翼翼地打开，竟然是一些种子一样的东西，很小的薄片状，呈深褐色。她一愣，不知这是什么种子，拿起那张纸，上面是很匆忙幼稚的字体：我很喜欢这种花，采来了它的种子，给我保存着，一直到我想种的那天。

她于是想起来，那还是小学六年级的时候，她在郊外发现一种极漂亮的野花，便一直念念不忘。秋天的时候，花儿谢了，她特意去采来那种花的种子，并写下了一个心愿，一起交给父亲代为保管。没想到，父亲留给她的竟然是这些种子。很奇妙的，她的心里竟然真的有了一种渴望和冲动，就是要把这留存了十三年的种子种下去，看看能不能发芽开花。

第二天，她去买来一些花盆花土，买回来后才想到，这是野花，可能不适合在花盆里生长。于是，她便在楼后一个人迹罕至且阳光水分充足的角落，把种子种了下去，她没敢都种下，怕不成功，没有了再试一次的机会。她把买来的花土都填上，并细心地浇水。已经好长时间没有这么用心地做一件事了，她觉得心里又有了希望。每天都要去看几次，她很担心，地域相差两千公里，不知这些种子能不能适应并成活，而且十三年了，不知这些种子还有没有生机。

过了一个多星期，当她看得都有些泄气的时候，终于有一点绿尖从土里钻了出来。那一刻，她的欣喜也破土而出，一种从心底生长出来的希望，让日子充满了期待。几天的工夫，许多嫩芽冒了出来。然后，便是一天一个样子，两个月后，当第一朵花绽放的时候，她哭了，泪眼中仿佛又看了那个十三岁的女孩，看到她眼中的清澈和心底的喜悦。

那一天，她给父亲打电话："爸，那些种子开花了，十三年了，竟然真的开花了！"她听到父亲轻轻地长出了口气，听到父亲欣慰的笑。

　　寂寞了十三年的种子，有了土壤的呵护，依然可以生根发芽，拔节抽枝，开出花朵。她觉得自己心底的那颗种子，也正悄悄萌动着，就快要生长出新的世界了！

一个母亲的时间表

　　这五本厚厚的日记本，是我在无意间且极为巧合的情况下得到的，我曾在很长的时间里，沉浸在这些日记的情节之中，让一份感动在心里流淌成温暖的海。这是一个女人，确切地说，是一个母亲一生中五个重要阶段的日记，虽然隔很多天甚至半个月才写一次，可字里行间都满溢着爱。

　　每本日记都标注了时间段，我从最早的那本看起，翻开的时候，飘出一张纸，仿佛一只憩在书页间的蝶被时光惊醒。纸上的字迹，清秀中透着沧桑，那是一张时间表。时间表列得很详细，每一周的每一天，每一天的每个时间段，都有着具体内容。可以看出，这段时间，那个女人刚刚成为一个母亲。甚至是在夜里，她都要在固定时间醒来几次，给儿子换尿布，或者喂奶。

　　带孩子的艰辛烦琐，并没有让她丢掉学习的习惯，每天总有固定时间，用来学习。从日记中可以看出，她是在为孩子可以离手后，再次去工作做着准备。我发现，周日的时间表里，那几个本来是标着"学习"的时间段，却写着"发呆"。我一愣，发呆？这也是一个很重要的内容吗？需要列进时间表里？

带着这个疑问，我翻看那本日记里所有关于周日的部分，才渐渐明白，她是不想让这些琐碎淹没了上进的心，虽然照顾孩子很累也很幸福。所以她周日不再学习，而是静静地想一些事，或是憧憬孩子的未来，或是勾画自己的未来，或是什么也不想，把心腾空，感受时光与生活的静美涟漪，更是让希望有生长的空间。

第二本日记，已经是孩子上学的阶段了。从第二张时间表上可以看出，她已经上班了，而且是自己创业，时间安排得更为紧凑。除了做饭接送孩子和繁重的工作安排，每天的学习时间依然存在。而周日，时间表里本应是学习的时间，却依然标着"发呆"。这个阶段每周日的发呆，她又是在想什么呢？看了日记，才知道，由于事业蒸蒸日上，她既怕在追逐中迷失了自己，又怕工作与家庭的关系失衡，更怕因忙碌而忽视了丈夫和儿子的感受，还有儿子教育方面的问题，所以她才在周日的那几个时间段，不停地反思，也畅想未来。

然后就是儿子高考前后的那本日记，她已经暂时放下了自己的事业，把精力都放在儿子身上。正如我所料一般，她的时间表上，周日依然将学习的时间改为发呆。翻看日记，她发呆，是在想怎么能更好地照顾儿子，怎么能给儿子鼓舞而又不增加压力，甚至她还在想,即使儿子考得不理想,也不要有半点失望之色。总之,她那些发呆的时刻,都是柔肠百转,一颗心系着儿子的一切。

第四本日记最厚,记下的也最多。时间表也涂抹修改过很多处,努力看那些涂抹的痕迹,依稀能辨认出原来的字迹。从这张涂改过的时间表里,能大概看出她的心路历程。起初是很幸福快乐的,儿子成家立业,工作也不错,她有了孙子,在忙碌中有含饴弄孙的满足。可是后来,那种时光没有了,时间表里涂掉了那些快乐与忙碌,更多的时间段是在发呆了。

日记的内容和日记本一样沉重,她几乎每天大多数时间的发呆,是因为思念。儿子是一名公安干警,在一次执行任务时牺牲了。日记里满是回忆,那些对儿子说的话,字里行间都是泪痕。希望和未来破灭了,却又在往事里寻找虚幻的快乐,似乎一直在消沉,却又担心儿子在天之灵看到她这样而不安。她在矛盾痛苦中挣扎,更有着一种骄傲,为儿子而骄傲,这份骄傲,是她唯一的动力与安慰。

日记的最后一页,隐约能看出,她的心情已经平复了许多,虽然还是痛苦纠缠,泪痕却少了许多,字句里也透出一种新的勇气。

最后一本日记,已经是她退休后的了。那张时间表又恢复了之前的精细,时间安排得满满的,就像许多的日子都拥挤在一起,又仿佛要把以前虚度的光阴都弥补回来。她依然学习,依然忙碌，周日那个发呆的时间段还在。日记中记载了她发呆的内容，除了想念故去的老伴和儿子，再就是对生命的一种深层的思索。而且时间表里多了一项以前没有的内容，虽然那个时间段只有短短十分钟，却让我的心清澈得要滴出水来。

时间表里，早晨七点到七点十分，写着"对着太阳微笑"。下面还有一行很小的字："如果阴雨天，就对着镜中的自己微笑。"

第四辑
人生有梦不觉寒

有一种美,是坚守自己的初心,是与自己的心灵相依,是一个人的清欢,是刻进生命里的那片风景,是一生也忘不了的真情。

天上的大海

小时候,我们这些小孩都没见过大海,别说是小孩,村里人见过海的也没几个,毕竟我们离海太遥远了。别说是大海,很多人连火车都没见过。我们只在照片上,在电视中,对大海有一个大概的印象。

有时我们也会谈论一下大海,却也只知道海很大,知道所有的江河都流入其中。有一次,村里有个男孩很自豪地告诉我们,他见过大海,他妹妹还笑着在一旁频频点头。我们一点儿都不信,他连村子都没出过,还见过大海,骗谁呢?所以尽管他说得煞有介事,甚至脸红脖子粗,我们还是打死也不信。他气得带着妹妹就走了,走时还说哪天让我们见识一下大海。我们嗤笑不已,根本就没当回事儿。

有一天天阴沉沉的,我和几个小伙伴正在我家门外玩儿,看到要下雨了,就准备各回各家。这时,那个男孩跑来了,边跑边说："看吧,大海来了!"我们很迷惑,大海哪里就来了?他指着天上说:"那不就是大海吗?"我们都抬头看天,依然不明所以,都觉得这人是不是脑袋有问题。

他却振振有词:"你们看,那些翻滚的云彩,不就是大海上的波浪吗?把整个天都盖住了,还不大吗?"

听他这么一说,我仔细看了会儿,确实还真有点像,不过有人就反驳:"不可能,大海都是水,这天上哪儿有水啊?"

那个男孩却说:"怎么没有水?一会儿就得下大雨,雨不就是水吗?雨是从天上下下来的,就是从那些云彩里下下来的,那些云彩就是雨,那就是大海!"

我们一听,很有道理啊!再看天上翻涌的无边无际的乌云,就更像大海了。不过依然有人不服,提出了一个很关键的问题:"那也不对!大海是蓝色的,这天上黑乎乎的,你家大海是这个颜色啊?"

这个问题很尖锐,一语切中要害。那个男孩也是一下子没了声儿,过了半天才说:"谁说大海就一定是蓝色的?我在书上看到过,有个黑海,就是黑色的!"我们都摇手说他胡说八道,哪有什么黑色的海。

他于是又涨红了脸,忽然他一拍大腿:"谁说它不是蓝色的?咱们这是从大海下边看,就看不到,天是蓝色的,咱们要是站到云彩上面看,它肯定就是蓝色的了!"

好像说得也很在理啊,我们仰头看着天上的乌云汹涌翻腾,好像真有了几分大海的感觉。男孩得意扬扬，可还没等他高兴多久，又一个小伙伴给了他致命一击："书上说，陆地上的江河最后都是要流进大海的，你说的大海在天上，江河怎么流进去的？江河会飞吗？"

这下男孩彻底垂头丧气了，这时正赶上很大的雨点噼里啪啦地落下来，我们便一哄而散。

不知为什么，之后的很多年里，我总是会想起发生在故乡的这件小事。后来看书渐多，觉得天上有大海是一个很美的说法。而且，当初难住那个男孩的问题，我也终于找出了一个答案——天上的大海出现之后，就要下雨，地上的雨水流进江河再流入海洋，太阳出来后，便会有很多的水变成蒸汽上升到天空中，变成云，组成天上的大海。而且，天上的大海很可能是地上的大海的故乡。

后来看晋代张华的《博物志》，里面有这样的记载：传说天上的银河和人间的大海是相通的，有个在海边居住的人发现，每年八月，都有浮槎从海上来，再漂远。有一年再见到浮槎时，他就带了很多吃的上了浮槎，想看看它究竟会飘到哪里去。先前十多天，他还能看到日月星辰，再往后就是茫茫一片，也分不清白天黑夜。后来到了一个地方，有城镇有乡村，还遇见一个人牵着牛在河边饮水，那人看到他很吃惊，问他从哪里来，他就如实地说了，并问这是什么地方，那人告诉他，你回去找到严君平问问就知道了。严君平就是严子陵，是西汉著名的道学家、方士，对天文、地理、历史无所不通。然后他乘坐浮槎又回来了，便去拜访严君平。严君平说，某年某月某日有客星犯牵牛宿。那个日期，正是他乘槎上天的时候，那个牵牛的人，正是牛郎，那条河就是天河。

看到这个传说，我很高兴，又为当年的那个男孩找到了一个美好的答案。既然人间的大海与天河相通，就是说人间的江河是能流到天上去的。

自从有了小时候"天上的大海"事件之后，我就一直很喜欢阴天，经常仰望着连绵的乌云，想象大海的壮阔。也是由此，对于人生中那些黯淡的日子，不再回避，不再消沉，就像从乌云中看到大海一般，我也努力从中看出一些不一样的美好来。

惊残好梦无寻处

蒙蒙眬眬之间,感觉火车停了下来。张开眼向窗外望去,便一下子呆住了。

蓝蓝的天空下,是一片极开阔的地带。左边是一片很缓很缓的坡地,坡上绿草如茵,坡下是一条细细的河流,清清亮亮地流淌着。河流的不远处,一些房子散落着。一个孩子在河边钓鱼,一条黑狗在草地里奔跑着打滚儿。右边是一片杨树林,枝叶在长风里摇曳。午后的阳光纷纷扬扬地洒落下来,一朵云的影子正悄悄地路过。

我的脸贴在车窗上,眼睛都不敢眨一下,生怕这是一个梦境,一眨眼的工夫就会消散无踪。多么熟悉的地方,多少次在梦里来过,那是我憧憬中的一个归宿,或者,是我一直在寻找着的故乡。也许每个人都曾有过这样的感觉吧,来到一个从未来过的地方,会觉得极其亲切,甚至一些细节都似曾相识,仿佛每一次呼吸，都会惊醒前尘往事。我也曾在别的地方有过这样的感觉，只是，像此刻这般强烈，这般和梦里吻合的，却还是第一次。

我闭上眼睛，头脑中依然是草地、河流、村庄、树林，还有阳光和长风。我不敢再睁开眼睛，怕眼前的一切如海市蜃楼般，悄然散去。忽然感觉一片嘈杂，人们纷纷往车门走去，原来前面铁路出了点问题，需要临时停车一个小时。张开眼，车窗外的一切依然存在，不是梦，便也跟着走出车门。

一踏上那片草地，便像踏入了前生来世一般，巨大的归属感立刻将我围绕。轻轻地慢慢地走着，连目光也是柔软的，我怕自己猝然的脚步和心跳，会吵醒许多深藏的往事。周围的人声仿佛远如隔世，我离开人群，越走越远，走到小河边，坐在岸上，看着对岸坡地上的青草和阳光，还有偶尔飞过的蜻蜓和蝴蝶。河水低低地唱着，清澈的声音濯洗着满心的尘埃。

十六岁的时候，我经常从晚自习课上逃出来，跑到呼兰河畔，坐在那儿，看斜阳从对岸奔跑过来，在水面上留下一串红红的足迹。黄昏的风里，便放飞了许多许多的梦想。那些梦想都与远方有关，只是后来越走越远，却依然离梦想那么遥远。反而是在回首的时候，觉得十六岁的黄昏，才像是一个默默的守候。

不知什么时候，一条黑狗来到我身边，围着我转了几圈，便自顾自地在草地上撒欢儿。当我还是小小少年的时候，家里的那条黄花狗，也经常跟着我到村外的草甸上，也是一样的兴奋。

我坐在那里，并没有记起前生，却无处不唤醒遥远的生活。那条黑狗跑累了，就躺卧在我的身旁，和我一起静静地看着河流的对岸。我站起身，向着那个小小的村庄走去，黑狗并没有跟着我，它依然趴在那儿。不远处垂钓的男孩也没有动，可能那是他的黑狗吧。

一条细细弯弯的小路，在大片的草地里画着神秘的曲曲折折，我依然轻轻慢慢地走，让那份神秘带我通向一个幽幽的所在。村庄越来越近，我听到有狗在叫，有刚下了蛋的母鸡在欢唱，鸡犬之声随风起伏，恍惚间有了回家的感觉。就像少年时在外面上学久了，回家的那种心情，有着渴望，有着思念，还有着温暖。我就这样一步一步走近我的渴望、我的思念、我的温暖，仿佛逆时光之河而上，一步一步走回时光的深处。

当我的目光已经可以抚摸到村庄的每一处细节，却听到火车一声长长的鸣叫，瞬间便把我从长长的梦里拉回。停住脚步，又怅惘了一会儿，才转身往回走。我不敢回头，怕那份留恋会拴住我的脚步。身后正在远去的，我知道此生再也无法重来，心里空空落落，却又是满满的无奈。

最后一个登上火车，回头看时，却见那条黑狗不知何时跟了过来，正停在不远处看着我。回到座位上，车窗外，那个干干净净安安静静的小小人间依然如梦似幻，一步之遥，却像是从未去过，又像是依然在梦里来过一次。不到一个小时的时间里，我却似走过了漫长的三十年。原来，我距离曾经的那个小小少年，已经这么久这么远了。

  火车终于开动了,我一直看着,一直看着,直看到眼睛模糊,直看到那个童话遥远得扯断了目光,才垂下头来,垂下泪来。我知道,又一个梦散了。

午夜的阳台

　　几乎每天都会写作到很晚，结束的时候，熄了灯，我会到北边阳台上站一会儿。窗外很深很深的夜，从一楼望出去，在对面楼里一两个窗口亮着的灯光中，只见昏昏暗暗的树影。更多的时候是一片漆黑，偶尔抬头能看见一两颗很亮的星。一楼的视野不是很好，不过夜色消弭了许多障碍，让心驰骋的空间很大。

　　也许，在这样的深夜里，也会有很多人，像我一样，做着自己热爱的事。累了的时候站起身来，来到阳台上，看着窗外的黑夜，回想自己所做的事，也会有着许多的感慨吧。

　　家人都已熟睡，我站在深沉的夜里，思绪不受控制地翻飞。总是会想起父亲，父亲对于文学曾经也是很热爱。小时候，我在仓房里翻找出许多父亲上学时和年轻时的日记本，里面有很多他自己写的文章，还有自己写的古体诗和填的词。父亲的字写得很漂亮，没想到文章诗词也是这么好。后来经历了许多生活的变迁，父亲便极少写文章诗词了，只是偶尔看看书。更多的时候，他只是奔波劳碌着，于是在生活的琐碎中，离文学越来越远。如今想来，我还是唏嘘不已。

父亲退休后，有一段时间每天写一些回忆性质的文章，或者记日记。父亲知道我一直在写文章投稿，很是欣慰，有一次回老家，我看到父亲把杂志或者报纸上能看到的我的文章，都一一剪下来，收集在一起。我出版第一本书的时候，父亲非常激动，很认真地看完，逢人便说，仿佛莫大的荣耀。我知道父亲对我期许很高，我也期待着有一天能让他为我骄傲和自豪。可是父亲于四年前的春天去世了，而我一直也没能做到成为他的骄傲。

如果当初更努力一些，是不是就可以少些遗憾？总是在失去后，才发现遗憾那么多。人最大的悲哀并不是遗憾本身，而是在当初的时候，并没有意识到正在经历的，是一种遗憾。

有时候夜里下雨，隔着玻璃，看不到雨的样子，是成丝或成片？只能听到它们不停地轻叩窗子，或者更细微处，雨滴穿过庭中花草的声音，如梦一般轻。这时我会打开窗子，一些雨点便轻灵地溜进来，我依然看不见雨滴，它们却扑落在我的脸上，仿佛那是夜的一部分，清凉、静谧，带着梦的朦胧。

冬天的时候，虽然阳台上很冷，我依然喜欢在午夜去那里待上一会儿。冬天的夜虽然很长，却没有那么沉重，再浓厚的夜色也染不黑大地上的积雪，它们在黑暗中悄悄地洁白。我们的心也是如此，如果一直保持着最初的洁白，那么，再黯淡的境遇、再长久的寒冷，也不能使其黯然失色。同样喜欢下雪的夜，看着大片大片的雪花攒簇着扑到窗玻璃上，沉重的夜，轻灵的雪，黑与白在无声无息中静静地纠缠，那是一种别样的美好，那是与白天完全不同的感受，除了不眠的人，没有人会知道，有一场雪曾怎样美丽地来过。

许多人在世事的奔劳中渐渐地忘了昨日，渐渐地改了初心，所有曾经的梦想，就像那场夜里悄然而来的雪，却不再记得它们曾来过，曾美丽过。

记起少年时，有时候夜里醒来，从窗口望出去，对面三楼总有一扇窗是亮着的，透过窗子，可以看见一个少年伏案苦读的身影。那样的情景，不知给了我多少激励，让我在学生时代一直努力、努力，努力过好每一个当下，不念过去，不畏将来。

每晚快到零点的时候，当我小书房里的灯光透过阳台的窗子，把黑夜掀开了一个小角，会不会点亮某个无眠凝望之人的眼睛，再点亮他心底尘封的旧梦呢？如果可以，那便是一种不期然的美好了。

闻钟

    刚刚登上那座小山的峰顶，朝阳就从东边的群山之间挤了出来，奔跑的霞光裹挟着我，带我进入一个美丽的早晨。周围都是低矮的树，一些披着晨光的草，一些带着清露的花，欣欣然走进我的眼睛。就在这个时候，第一声钟声来了。

    第一声钟声，来得丝毫没有突兀之感，就像是天地之间自然酝酿到极点，忽然开出一朵花来，又像是花瓣上的露珠，在某个时刻倏然滑落。钟声还依然在耳畔泛着涟漪，第二声就来了。第二声与第一声不同，第一声是凭空出现，第二声却是从某个方向而来，仿佛是追逐着第一声的脚步，穿山过林，接踵而至。然后是第三声，第四声，连绵不断，层层叠叠的钟声，流淌过层层叠叠的山。

    向着钟声的来处望去，朝霞浮岚之中，看不清源头，颇有一种云深不知处的感觉。忽而钟声变得缓慢了，敲钟的间隔时间明显变长，却又是另一种感觉。先前是一波未息一波已起，气势叠加；后来则是每一声都余韵悠长，渐消未消之际，另一声已然响起。我默默地数着第一通钟声，共三十六下，十八下快，十八下慢。

这是我第一次真正意义上听到钟声，澄心涤虑，荡气回肠，本已身在远离尘嚣的山间，此刻心亦尘埃顿去。花草默然，晨鸟不啼，我站在钟声的波纹里，如一滴清澈的水。三通钟声响过，一百零八下，仿佛敲醒所有的迷梦。在那边远远的某座山上，定然有着一个很大的寺庙，才会有着如许规模的梵钟吧。《百丈清规》里说："晓击则破长夜、警睡眠；暮击则觉昏衢、疏冥昧。"我是多么幸运，闻此晨钟，虽然未必便破去一百零八种烦恼，可心境的澄明，也是长长的劳碌中美好的缓冲。

年少时读古诗词，每读到有关于钟声的句子，总是让我悠然神飞。身处东北大平原上的村庄，远无隐寺之山，近无掩庙之林，钟声只能响在想象中。"晨钟忽惊觉，犹有露沾衣"，三十年后，我才有了如此这般的体会。而"树深时见鹿，溪午不闻钟"，则让我知道，寺里的钟声可能不会在中午响起。而最使我憧憬的依然是寒山寺夜半的钟声，如果身在客船之中，或醒或睡，闻此钟声涉水而来，寤寐之间的迷梦，则皆可化作流水杳然而去吧。

唐代皎然和尚的一首《闻钟》，则让我对寒山寺的钟声更为向往：

> 古寺寒山上，远钟扬好风。
> 声馀月树动，响尽霜天空。
> 永夜一禅子，泠然心境中。

钟声有质而无形，总能在某些时刻，让自己的心随之空灵地共鸣。声余而如月光千里，响尽又似霜天寥廓，泠然之中，便窥见一个全新的境界。

遥想南朝时，江南的一百八十寺，每个晨昏，那些钟声该是怎样笼罩着大地。我第一次进入真正的大寺院里，还是在外地求学的时候。听闻市郊有一个大寺，香火旺盛，便于一个周末，和同学一起前去。

寺处于闹市之中，有着别有天地的感觉。只是，我还是更喜欢寺在山上，红墙黄瓦掩映于林木之中，山路曲折，忽然之间就见山门；或者循钟声梵唱而往，攀登之间顿现兰若，那该是多么欣喜的一种遇见。不过此寺虽于闹世之中，却也算闹中取静，可以让红尘扰攘中的人们偶一抬头，于心里生起一丝静穆或一种敬畏，便也是功德无量。

进了寺门，便看到了钟楼和鼓楼，分列东西两侧。在钟楼下，我抬头仰望，那口巨大的铜钟静静地悬着，便心生诧异。如此巨大的钟，钟声定然远扬数十里，可在这个城市那么久，却从未听过一次钟声。也许都市的嘈杂，也许内心的烦乱，使得我竟与此地的钟声无缘。不过,此刻,我凝望着这口梵钟,虽然它长久地沉默着,可是我却似乎于它的沉默中,听到了声声悠扬,在我的生命里回荡成无言的触动。也许,是我的心和钟的碰撞,才让我听到了这难得的无声之声。

希望会有那样的一个午夜,或在舟车之上,或于逆旅之中,或忧或思,或悲或喜,或眠或梦,那时那刻,会有钟声穿透黑暗而来,震落我心上所有的茧壳。

虫唱

生长在东北以北的大平原上,萤火虫于我只存在于书本里、传说中。至今也没有见过萤火虫,总觉得那是夏夜里最生动的梦。除了萤火虫,小时候也没有见过蝉。古诗词里关于蝉的意象太多了,比如"西陆蝉声唱","清风半夜鸣蝉","寒蝉凄切","临风听暮蝉",从少年到青年,总是让我悠然神飞。进过几次山海关,只是大多是在冬天,所以一直没有见到蝉的身影。直到那年去大连,我才惊奇地发现,在东北,竟也是有蝉的。

七月末,夏天里最热的时候,虽然人在海边的城市,依然一出车门便觉热浪翻涌。随之而来的,是很多很响亮仿佛铺天盖地而来的一种声音,我一愣,随即明白,这就是蝉鸣了。在书中看过太多类似的描写,当真正身临其境,才发现那份感受不是任何文字能给予我的。我知道南方伴着蝉声长大的人们,对我的感受可能不太理解，只是对于第一次听闻如此密集蝉声的我来说，绝对是一种直入心灵的震撼。

虽然蝉的大合唱谈不上悦耳，甚至是很聒噪，我却站在路边听了很久。任何一句关于蝉的古诗，此刻都从心底消失，我用最纯粹的一颗心，去迎上这第一次的相遇。夜里躺在床上，白日里满满的蝉鸣已经变得稀疏遥远，远得进入我的梦中。后来被蝉声叫醒，是梦外的蝉声，天还没亮，那一束声音就从窗口涌进来。起身来到窗前，窗外几棵很高大的树，枝繁叶茂。声音就是从其中一棵树上传出来，也不知有多少只蝉起得这么早。也不知有多少人如我一般，被早起的蝉声唤醒，我于是站在窗前，看残夜欲尽，听群蝉晓唱。

而我小时候最流连的、最喜欢听的，是蟋蟀的叫声。每到黄昏，各种虫声四起，蟋蟀们也在其中，它们的声音并不响亮，也并不喜欢合唱。它们躲在角落里、草丛里，或者地缝里，只是把自己的声音传送出来，飘飘忽忽，让人难辨来处。所以我们捉蛐蛐需要很大的耐性，而且要判断准确。

夜来了，躺在土炕上，敞开的窗子涌进来夏夜的气息，总是在蒙眬欲睡时，会有蟋蟀的叫声溜进耳朵。蟋蟀的叫声，更像是琴声，每一串音符长短不等，而且声音极有特点，像是断断续续却又连贯无痕迹，像是长长的颤音却又如流水一般平滑。蟋蟀的琴声开始得没有任何征兆，仿佛是从夜的缝隙里自然生长出来的，或者就是夜的一部分，就那么进入了耳朵里。我不知道那只蟋蟀藏在哪里，或者就在室内，或者在窗外的某个地方，一声接着一声，长长短短，起起伏伏，每一次中间的停顿都很突然，却毫不突兀，这是很难解释的一种感觉，好像就应该在那里停顿，又好像我就知道会在那里停顿一般。

　　不知道夜有多深，我从炕上坐起来，东边天上有一弯极细极细的月，而蟋蟀的琴声悄悄地潜入长夜，也如残月那般细。除了村南大草甸上的蛙声还如潮翻涌，除了檐下巢里的燕子在睡梦中偶尔的呢喃，就只有这只失眠的蟋蟀，还在不倦地弹奏着，也只有我这个无眠的孩子，和刚刚升起的月亮，还在倾听着。

　　多少年过去了，我一直在倾听，在回忆里，在梦里，在憧憬里。我知道那些虫儿一直在飞，一直在唱，等着我的一颗心去靠近。

低回

　　少年时喜欢文学，写作文时经常用"低回"这个词，也不记得最开始是从哪里看到的，一眼就喜欢上了。那时候，只觉得这个词很美好，虽然也说不清楚它的具体意思，只是单这两个字连在一起，就给人一种很留恋又很唯美的感觉。

　　后来查汉语词典，发现"低回"一词竟有着许多种含义。

　　比如，徘徊，流连。

　　看到这条解释的时候，再看这个词，我总是想到燕子低飞的姿态。儿时家在乡下，村庄里绝大多数都是草房，我家也是。真正的茅檐低小，檐下的燕巢很多，每天燕子们飞去飞来地忙碌。当燕子的窝里生出几只雏燕的时候，我注意到，大燕子每次出去给孩子觅食之前，总是要在檐下盘旋好几圈，才飞向远空，似乎很是不放心巢里的孩子。

　　当秋天渐深，燕子们已经陆续离开，去追寻云路里的温暖。

我家的那些燕子也要走了，那是一个上午，那些燕子约好了一般，先是都飞回巢里，不知弄些什么，然后都飞落于屋前长长的电线上，很热闹地叫着。过了一会儿，忽然齐齐噤声，沉默片刻，后齐飞而起，依次在檐下掠过。它们围绕着草房绕着很小的圈子，一圈，两圈，三圈，耳边都是摇动翅膀的声音。圈子渐渐变大，越来越大，依然是以我家的草房为圆心，终于远了，忽又一个转折飞近，再向着南方飞去，不再回顾。

低回，低飞的燕子，循环往复，流连着自己的家园。

十四岁的春天，离开农村搬进县城。搬家的前一天，我一个人默默地在房前屋后走着，走遍院子里的每个角落。然后走出院门，慢慢地走着，走遍村里的每条土路。最后走到村外，大草甸上，小河边，高冈上，树林中，一切依然，却即将成为我的过往。终于离开时，却发现，燕子们正在忙碌着衔泥补巢。坐在车上，村庄远去，不禁很是伤悲，燕子离开，却年年飞回，而我这一走，却不知何日是归期，即使归来，也不再是我梦里的家园了。

我的故乡故园，也只有在梦里，在回忆里，让心于其中一次又一次低回。

比如，低沉婉转，回旋起伏。

初搬进县城，转进一个新学校，在很长的一段时间里，我都是孤独寂寞的。每天，我背着书包走过长长的街，或上学，或放学。那个冬季的某一天，放学时天已经黑透，大朵大朵的雪花从黑暗的虚无中飘落下来，在路灯昏黄的光亮中回旋起伏。我低着头，拖着一会儿变长一会儿变短的影子，慢慢地走，任雪花扑落在脸上、身上。忽然，前面一家商店里播放的歌曲随风雪传过来，歌声竟是如此低沉婉转，直流淌进紧闭的心里。

我停住脚步，站在路灯下，痴痴地听着。抬起头，为了看雪花，为了不让眼泪掉下来。那雪花的舞姿，那歌声的流转，在年少的我眼前、耳畔、心底，低回成不可名状的感动。

许多年以后，回望曾经泥泞、彷徨的花季雨季，脸上带着微笑，眼里却是闪着泪花。多怀恋那个孤独的少年啊，多不希望他在岁月中走着走着，就沧桑了眼睛和心灵。多想他能一直一直那样慢慢地走啊，心底有着清澈的忧伤和不为人知的希望。

可我却从没后悔过，即使阴差阳错间走上了许多不曾预料的路，却也遇见了许多不曾预料的风景。就算有时会身不由己，无奈无助，却依然努力从眼前的生活中寻找出一份流连、一份热爱，就像当初的那个少年，在寒冷中寻一朵雪花，在寂寞里寻一缕歌声。

多少次走到绝望的边缘，总会有一些东西让我的心重新生长出希望，那不是信仰，也无关梦想，有时只是一沙一石、一草一木，忽然触动生命中某些被遗忘的柔软与坚强。

没想到我在回忆往事时的这些心情、这些情绪、这些情怀，竟然暗合了"低回"这个词的又一个含义：思绪萦回，情感回荡。

确实如此。

浅笑低回，那些走过的路，经过的心情，度过的光阴，都在生命中蓊然成一种感动、一种感激、一种感谢。

惊秋

远看野地上的草还是一片绿色，河边的树也依然青翠，可是我却从一滴落在脸上的雨的温度里，从路过的一缕风的气息里，感受到了季节的暗换。就像偶然于镜中发现鬓间的星星飞雪，才惊觉年华的暗换。

记不清楚日历上的节气究竟在哪一天，总是在不经意间，才知已换了人间。我们这里的秋天来得极快，每个季节都脱离了日历上的轨迹。此时还是三伏天，夏天的热情就消退了。每一年都惊诧于秋天来得这么早，还没来得及收拾情怀，没来得及准备好一份心情，就已不知不觉身处其中了。

虽然知道秋天来了，却没有想到它的脚步那么快。某一天我走在路上，忽然发现，周围的树上、草坪上、电线上，只有麻雀倏忽来去，或栖或飞。燕子呢？仰头看，空荡荡的天，早已没有了痕迹，楼顶的檐下，空荡荡的巢，在西风里静寂着。燕子的翅膀已驮不起那份凉意,不知何时它们已飞入追寻远方的云路。

确实是很凉了。早晨的山间,已有冷雾升腾。晚上出去散步,在山脚,在水畔,已能感受到河水的清冷,感受到山的苍老。蚊虫悄然绝迹,极凉的空气里,流动着一种草木成熟的气味。

秋天走得也很快。前脚出去看,树叶如雨;再出去,树叶被秋风扫落,只剩枝干,而草已枯黄,蜷伏于地。像极了人生的回眸:一回首,恰同学少年;再回首,便鬓已星星也。"老去光阴速可惊",看秋天的速度,便明了人这一生的速度。

然而,我却于飞快流逝的秋光里,发现了让人震惊的美。

和朋友上深山采蘑菇,艰难地穿越那些灌木丛,扶着高大的红松走过,突然遇到一树灿烂。第一次与一树火红的枫叶相遇时,我竟惊得忘了行走。经了霜的红叶在秋阳之下,明艳得夺人心神。我拾起几片红叶,感受其中深蕴的秋意,然后让它们留在书本的某一页,记录一段情节。

正在树丛间走过,目光忽然被某些东西牵绊住。低矮的不知名的某种树,它的叶片已然落尽,可是在一个枝梢上,挑着一小簇红艳艳的果实,圆圆的,如指甲般大,仿佛一棵树最后的馈赠。有一种很矮小的松树,此时每一根针都变得金黄,阳光照射之下,很是耀眼夺目。红红的五味子一串串一丛丛密集地挤挂在枝上,招惹着路过的风。有时候走着走着,眼前一亮,白桦树如出尘的仙子傲立,高洁清宁。

这是身在山中，近距离地感受秋山之美。当我离开山林，回到城市之中，远远地观望，才发觉，原来已经是深秋时节了。秋天仿佛只几天的工夫，便走到了极致。阳光下的群岭，山色变幻着浓淡深浅，仿佛秋天的手打翻了调色盘，诸多颜色掺杂。红枫青松，白桦黄杨，各色的野果，许多的变幻，一起燃烧成眼中的绚烂。

我站在那儿一直遥望，心绪也如山色变化，点缀着生命中最美的眷恋。原来身处其中时，会感受到生活的细微之美，而回头远眺，许多的过往便汇成撼动人心的雄浑力量。原来生活中所有平凡的叠影，才是生命最动人的斑斓。我的心盛着这许多的美好，虽秋已深，寒凉之意便也沁入心脾。

一直望到暮色四合，一轮很大很圆的黄月从东山顶上升起，我才慢慢地踏着月影往回走，秋天依然跟在身畔。可我知道，它会很快地过去。再过十多天，我们这里就要开始冬季供暖了。七个月的冬天将横亘在这片山野之间，秋天只是偶尔的路过。只是在那短短的一个多月时间里，就已经给了我太多的惊讶、惊奇、惊喜和惊艳。

所以，我会把秋天的所有感动都藏在心底，然后在漫长的冬天里，一一拣出，慢慢地温暖那些寒冷的日子。

相望冷

冬天的时候,我经常隔窗看着那几棵树,夏天时枝繁叶茂的那棵杨树,此时已经变得疏疏朗朗,更显得高了,最顶端已经超过了六楼的阳台。而另几棵低矮些的松树,却是没有太大变化,只是颜色比夏天更深重了一些。

家里供暖并不是太好,不过时间长了也习惯了,如果太热反而会昏昏然。每天写字累了时,便站在窗前,那几棵树就迎接着我的目光。屋里是浅浅的冷,室外是深深的寒,树们站在零下近三十摄氏度的冬天里,依然是那么从容,我的心境也很平和。杨树有时候会在西北风中摇曳,风越大,便舞蹈得越欢。松树们则镇定得多,身躯不摇不动,风来时,偶尔会吹落松针上的积雪。

想起二十年前,还租住在城市边缘的一个破旧楼房里,那时也是我写作最艰难的时期,在摸索中看不到方向,能做的只有坚持。冬天来临,心境的黯淡便也和寒冷一起来临。电脑桌的对面,是一扇很小的窗,窗子外面,一棵树的许多枝丫纵横着,划破一窗光影。每当写不下去,满心烦闷的时候,就会让视线缠绕于那些枝丫上,更高远处,是被枝丫切割得支离破碎的灰暗的天空。出租屋里很热,我却依然觉得寒意凛然,像那棵窗外的树。

经常会有两只麻雀飞来,落在枝上,可以清晰地看见,风把它们细细的羽毛吹得微微竖起。有时它们会在枝上灵活地转动着身子,有时也会相对着快速地交流,有时会偏过头,隔着一层玻璃与我好奇地对视。它们像两朵灵动的花儿,开在寒风走过的枝头。然后总是在我看得入了神的时候,毫无征兆地飞走,只剩下那根树枝轻轻地颤动。

那两个冬天都是这样,每日里和窗外那棵树还有那两只麻雀相望相守着,共同度过。我不知道后来的两只麻雀还是不是最初的那两只,可是它们的存在,使沉闷的冬天生动了许多。如我心里的希望一般,在黯淡之中依然活跃着,让我能一直坚持下去。就像少年时在乡下的老家,冬天更冷,却总能于其中找出让我欣喜的种种。

在故乡故园的时候,每天早晨醒来的第一件事,就是看窗玻璃上的霜花。霜花对于我永远有着那么神奇的魅力。它们绽放出奇迹一般的美,迎着印在窗上的霞光,每一个细节都清晰无比。毫不杂乱,或树或花,细微到每一片叶的脉络和每一朵花的细蕊,还会有蝴蝶在花间飞舞,甚至凤凰拖着长长的尾巴在空中翱翔。我是如此喜欢看霜花,一直看到屋里的火炉渐热,外面的太阳渐高,玻璃上的图案才会如梦一般悄悄浅淡下去,一直到幻化无形。

霜花融尽,园子里那棵杏树便走进我的视线。杏树并不高大,但枝杈横伸出去很远,阳光里,一群麻雀在枝间翻飞啼鸣,它们是冬天里最活泼的精灵,不会被寒冷冻结。春末的时候杏树会开满艳艳的花朵,那是很深情的一种美。如果在冬天的时候,它也能开花,又会是怎样的震撼?

于是就想到了梅花,那时在爷爷和父亲的影响下,读了很多古诗词,对于诗词里关于梅与雪的意象非常神往。只是东北大平原上的冬天太长太冷,使得梅也不愿在这里安家,所以一直未曾见过一树梅的盛开。就算到今天,我也未曾有缘一见。从小到大,我一直憧憬着,冬天的窗外如果有梅花的疏影横斜,那么冬天也一定会变得缱绻多情;或者我踩着厚厚的雪走在乡间,忽然便遇到一枝盛放的梅,"前村深雪里,昨夜一枝开",那样的相逢,又该是怎样的惊喜。

不过,此刻窗外的冬天,还有在风雪里的杨树和松树,看得久了,也会发现它们有着不同寻常的美好。特别是大雪飘飞的时候,杨树于朦胧中越发显得高洁,而松枝上云朵般的积雪,更是丰盈了许多。雪停之后,松树上满是雪痕,勾勒出一种童话般的意境,而杨树的枝上也会有极少的积雪,在风来时,飞舞成阳光下闪亮的云雾。或者麻雀飞上枝头,踏落一簇雪沫,麻雀是欣然的，就像窗后静静在看着的我。因为我此时的心境平和，所以静观万物，皆有会于心。

所以，虽然屋里还是凉意袭人，窗外依然冰天雪地，可我知道，树的深处是暖着的，我的心里，也是暖着的。

人生有梦不觉寒

行走在人生的长路上，总会有许多的梦想生生灭灭，一如身后的履痕，或浅或深，却都盛满无悔的心绪。虽然并不是所有的梦想都能开花结果，可是那些梦想毕竟曾葱茏过我们的心境，所以都是生命中最美的存在。

有一年去外地出差，想起那个城市有一个同学，便顺便去拜访她。她住在郊区的一所平房里，当时正是冬天，呼啸的北风从窗子的缝隙间灌进来，一室冰冷。听她讲述在这里的工作和生活，都是那么艰辛，可她一直坚持下来，从没想过放弃。即使在这样艰苦的条件下，她的笑脸依然是那么灿烂。她的目光中闪着希冀："我要继续努力，我要在这个城市里拥有属于自己的房子，有着大大的玻璃窗，冬天的时候，就坐在窗下晒太阳！"

她和我讲起她奶奶的故事。当年，爷爷当兵去了东北，一走就再无音讯。于是奶奶做了一个决定，拖家带口地去东北寻找爷爷。兵荒马乱的年代，奶奶带着大大小小四个孩子，踏上了漫长的路途。历尽千辛万苦，到了东北，可是却无处去寻找爷爷。便定居在一个小城里，抚养着几个孩子。后来四海平定，爷爷依然没有回来。那些年里，每隔上两年，奶奶都要回老家一次，她怕爷爷回去后找不到她们。直到后来有了电话，她才不至于来回奔波。

讲到这些时，同学很是动情地说："奶奶一直坚信爷爷还活着，说不定哪一天就会出现在我们面前！我知道她这么多年，全是靠着这种念想才坚持下来的。她去世时已八十七岁了，临终前告诉我们，不用再等了，她去那边找爷爷了。奶奶对我的影响很大，我也是靠着心中的梦想才坚持下来的，不管能不能实现，有梦想总是好的！"

是啊，有梦想总是好的，无论那梦是不是一种虚幻，都能给人勇气和力量，就像在这样寒冷的冬天里，零下三十摄氏度的气温也没能冻结她脸上的笑容。梦想更像一床被子，被子本身并不发热，可是却能聚集我们身体散发出的所有的暖，从而使寒冷无法入侵。若是没有梦想，就算再麻木的身心，也无法阻挡生命的苍凉。

梦想有一种神奇的力量，不仅可以驱散所有的悲伤，还能把我们的心引领向最丰盈美好的去处。那里或许不是梦想的所在，却是因为梦想才会抵达。有梦的人生永远不寂寞，有梦的人生，寒冷便永远无法侵蚀。

温暖的『噪音』

在我的心里,天籁并不全是指那些自然界的美丽之声,更是那些深入心灵的声音、那些难忘的声音。如此,你听到的噪音,却有可能是别人耳中的天籁。

一

楼下不远处的一个平房里,每天都会传出锛刨斧锯响在木头上的声音。那家开了一个木材加工小作坊,专门给别人打造各种器具。我曾去看过,那中年人很有个性,还是用着最古老的手工工具。这一点倒是吸引了不少人前来定做些东西,可能人们都崇尚纯手工制品吧。

有时挺烦随风传来的那些噪音的,很难让人静下心来。不过我渐渐发现,有一个七八岁的男孩几乎每天中午都在那小作坊门前转悠，起初我以为是那木匠家的孩子，后来发现根本不是。有一次实在是好奇，就去问男孩，他告诉我："我家在后面的小区里，我爸也是木匠！"

原来，男孩的父亲去年因病去世了。以前他没事时总是在一旁看父亲做木工活，他来这里，就是为了听听那些熟悉的声音。心里忽然很感动，那些噪音也一瞬间充满了温情。

二

一个女孩曾在日记里深情地回忆自己的父亲。她从小就失去了母亲，是父亲将她抚养长大。她胆子一直很小，一到夜里就会被莫名的恐惧包围。幸好有父亲在身边，父亲睡觉时鼾声如雷，起初她很难入睡，不过渐渐就习惯了，而且，父亲的鼾声响起，恐惧便一扫而空。后来大些之后，她有了自己的房间，每到夜里，父亲的鼾声仍会穿透墙壁，驱散她心里的害怕。

上大学以后，离开了家乡，离开了父亲，幸好宿舍里住着六个人，晚上的时候还不算太害怕，可是却总觉得睡梦中少了些什么。毕业后，她留在了那个遥远的城市，自己租房子住，曾经的恐惧又如约而来，常常整夜整夜地失眠。回了一次老家，再次听到父亲的鼾声，她睡了许多年来最香沉的一觉。

回到工作的城市，她终于可以每晚安眠了。因为她录下了父亲的鼾声，夜里睡觉时，在阵阵巨大的鼻息中入梦。她说，父亲的鼾声，就是世界上最动听的声音，可以给她一枕最美的梦。

三

我有一个朋友，她最喜欢听路边工人切割大理石或者道砖的声音。那声音极尖锐刺耳，是纯粹的噪音，真不知她这个爱好从何而来。而且，每当她心情不好时，就会跑到马路上或者施工现场，去听那种让人避之不及的声音。

后来她终于告诉了我缘由。她两岁的时候，患了突发性耳聋，从此在无声的世界里生活了十年。四处求医，总无效果。但她没有放弃，多年来坚持针灸和服药，就在一个晴朗的日子里，她突然听到了声音。

她说："我听到的第一种声音就是切割机发出的很响的噪音，可是听在我耳里，却是那么迷人动听，这个世界终于又用声音拥抱我了。所以每当我失意时，或者心情不好时，我都会去听那种声音，告诉自己，别人耳中那么难听的声音，都可以是我的天籁，生活中的那些小小困难又算得了什么？"

微笑的鸭子

/

当家家户户的炊烟依次消散，太阳便已爬到了东边树林的树梢上。这个时候，丫崽便赶着一大群鸭子去村西的小河边了。十二岁的丫崽跟在那些蹒跚的鸭子后面，笑容满面。当那些鸭子扑腾扑腾地下了河，丫崽便坐在岸边的草地上，一遍一遍地数着水里嬉戏的鸭子。

一直以来，村里人对于丫崽每天都能笑得出来，很是不解。丫崽本是孤儿，后被村里的李家夫妇领养，那一年，她才三岁。这个女孩的到来，并没有给这对不育的夫妇带来什么欢乐，不过李家夫妇对她尚好。丫崽五岁的时候，她终于为这个家里带来了天大的惊喜，李家媳妇忽然怀孕了！当弟弟出生以后，家里充满了欢乐，可丫崽的艰难生活便开始了。六岁的她就要干力所能及的家务，七岁开始做饭带弟弟，连学都上不了。弟弟上学后，她除了每天干活做饭，就是放鸭子。即便如此，养父母也不待见她，常常打骂她。可她却极少哭，而且只要和鸭子在一起，就会笑个不停。久而久之，大家都觉得这个孩子是被打骂得有些傻了。

丫崽早知自己是被抱养来的，因为养母骂她的时候便常常带出这样的话来。可丫崽却很喜欢这个弟弟，弟弟从小就跟着她。养父母从没有在丫崽照看弟弟的问题上打骂过她，他们也看出丫崽是真心对弟弟好。弟弟上学以后，便回到家给姐姐当老师，丫崽起初只是抱着哄弟弟玩儿的心思，乖乖地当学生。可是学着学着，竟是入了迷。弟弟也越发有兴趣，为了回家能给姐姐好好地讲课，每天都极认真地上课听讲。如此一来，学习成绩竟稳稳地保持在第一名。本来养父母很讨厌丫崽跟着弟弟学习，可见到这个效果，也就默许了。

有一天，弟弟给丫崽上课的时候，忽然问："姐，你咋每天都那么爱笑呢？你看爸妈对你那样，你怎么还能笑出来呢？"其实弟弟心里对父母如此对待姐姐很是生气，不过却也是无能为力。丫崽却说："和那些鸭子学的，你看，鸭子的眼睛都是弯弯的，就像一直在笑着，你听它们叫的时候，也像是在笑呢！其实爸妈对我挺好的，而且我还有你呢。"

弟弟上初中后，在镇里住校。每周回来的时候，依然会给姐姐讲课，走后还要留下作业。可是两年后，丫崽的心里却是第一次有了挣扎。因为这个时候，养母开始张罗着给她找婆家。那个时候，嫁出一个女儿，可以得到不少彩礼钱。丫崽一露出不乐意的神情，养母就骂："我把你养了十五六年得花多少钱？"丫崽即使不高兴的时候也是微笑着的，养母看着她的笑就来气："赶明儿把你许配给一个暴脾气男人，看你还笑不笑？"

终于有一天，说妥了一门亲事，丫崽根本反抗不得。那天家里很热闹，杀了好几只鸭子待客。丫崽注意到，那些鸭子被割断了喉咙，但眼睛依然是微笑着的。于是心里有了更大的悲哀，可她依然笑脸迎人。而就在那个晚上，丫崽失踪了。养父母带着好多亲戚四处寻找，甚至附近的几个县城都跑了一遍，又登寻人启事，也没能找到。家里只剩下那些鸭子，日复一日地笑着。

好几个月后，丫崽寄回了五百元钱，并写来一封信，说："爸，妈，我会把那些彩礼钱都挣回来！你们别找我，我没事。让弟弟好好上学。"养父母就真的没有再去寻找，虽然知道了她在哪里。就这样，丫崽每个月都会寄钱回来，养父母有时望着满院的鸭子，心里就忽然很不是滋味。

一晃四年过去，丫崽依然往家里寄钱，而弟弟也快高考了。有一天，养父去山上拉石头的时候，被滚下来的石头砸到了头，去世了。丫崽回来了，大哭，这回她一次也没有笑，可是看着她哭，养母的心里更是难过。临走时，丫崽对弟弟说："你好好学习，要是考上大学，姐就一直供你！"

后来，弟弟果然考上了大学，而丫崽就一直供他上学。养母独自一人在家，每当喂鸭子的时候，就会念叨丫崽。在养母年年的念叨中，丫崽终于又回来了，那天她帮养母喂鸭子，忽然说：

"妈,我要结婚了。你别担心,那个男人脾气一点儿也不爆。你放心,我会把弟弟供到读完大学!"养母笑了,然后又哭了。

丫崽在城里结的婚,养母和弟弟都去参加了婚礼。养母仔细地看着新姑爷,的确是那种很安生的男人,便也放了心。三天回门的时候,丫崽带着丈夫回到家,养母要杀鸭子,丫崽没让。晚饭的时候,养母拉着丫崽的手,说不出话来,丫崽笑着说:"妈,你可要高兴啊!你把我养大不容易,可惜爸没享着福!幸好当初弟弟教我那么多知识,要不去城里打工,会更难。"

丫崽走的时候,带走了两只鸭子,她说她要一直养着它们,看着它们!

在疼痛里开花

/

阳光洒在光洁的路面上,清晨的空气里带着清新的味道,燕小鸥拖着长长的影子出现在街角,艰难地向前走着,一步,两步,腋下的双拐随着脚步发出轻微而短促的咯吱声。她的脸上已经出了一层细密的汗,在朝阳下闪着淡淡的光晕。

每迈出一步,燕小鸥都会皱一下眉头,仿佛腿上的每一个关节都有针在攒刺。不远处出现了一个熟悉的身影,她立刻舒展眉头,慢慢地走过去,那个身影正挥动着扫帚,清扫着路边的落叶。燕小鸥的笑容如阳光般灿烂,响亮地打着招呼:"大爷您早!"扫地的大爷转过身来,脸上挂着慈祥的微笑,看了看燕小鸥微微颤抖的腿,便过来扶她在路边坐下。

两个人面对着初升的太阳,坐在那里谁也没有说话,大爷满是风霜的脸上,一抹微笑如春风拂过山冈,于是沧桑的皱纹也生动起来。燕小鸥看得入了神,就像大爷看太阳看得入了神。当太阳转到一栋楼房的后面，斜斜地投过来一片影子，燕小鸥才拿起拐杖，大爷忙伸手搀她。站起来后，她说："我休息好了，要回去了，别担心，我能走回去！"大爷用不变的微笑送她离开。

走在回去的路上，燕小鸥才发现，今天比昨天又多走出了十步。她在心里默默地数着自己的脚步，从阴影走到阳光下，慢慢地没入街道转角处。扫地的大爷方才将目光收回，继续低头去扫那些不停飘落的叶片。

这是在这条僻静的街上，每天清晨都会上演的一幕。

等燕小鸥到了楼门前，我才从那边的小广场上跑过来，一边问："今天怎么样？比昨天多走了多远？"一边背起她，她伏在我背上，手里提着拐杖，高兴地说："多走了二十步！这条街快走出一小半了！"我说："姑姑还在家里担心你呢！怕你摔倒！"她轻笑："我妈就是事多，摔一下又能怎么了，谁学走路没经历过磕磕绊绊的？"

十六岁的表妹，年初的时候因一场事故，暂时丧失了走路的能力，卧床三个月后，腿才渐渐恢复知觉，医生说，必须要自己锻炼走路。开始的时候，我背她下楼，她拄着双拐甚至一步都迈不出。可是即使如此，她也要坚持自己站在那里，几天之后，她终于迈出了第一步，虽然满脸淌汗，可是却高兴得大叫。她渐渐地能慢慢拄拐行走，我也放了心，她自己练自己的，我去那边的小广场和一群大孩子踢球。

可是有一天，燕小鸥忽然摔倒了，她没有喊我，想自己挣扎着站起来。可是如此简单的一个动作,对她而言却难如登天,总是刚刚起身便又跌倒。这个时候,扫大街的大爷出现了,将她扶起。她腿上的血甚至渗过了裤子,可她没有哭,而是笑着向大爷道谢,大爷慈爱地对她笑。她试着往回走,大爷也没有搀扶她,只是用微笑鼓励她。

那天回到家,姑姑一个劲儿地埋怨她,她看着妈妈帮她处理腿上摔破的地方,笑着说:"真好,我终于能体会到小时候学走路的感觉了!"

那天以后,便总能在清晨的那个时间遇见扫地的大爷,就在前方不远处。每一次,燕小鸥都要走到大爷身边问候一声,然后再回头往家走。渐渐地,她发现,每天早晨,大爷扫地的位置都会向前移动一段,这样她几乎每天都要比前一天多走一些。她觉得这个方法真好,把目标分割成眼前的一小段一小段,便不会觉得那么无望。

时间一天天过去,秋天深了的时候,燕小鸥已经能拄着拐在那条长长的街上轻松地走一个来回,而那张微笑的脸也每天准时出现。燕小鸥开始丢了拐走,那个大爷就那么陪着她一段一段地向前延伸着路程。第一场雪落下来的时候,燕小鸥已经能够像正常人一样走路,她说她要开始练习跑步。然后她说起那个老人,说他的微笑有一种穿透人心的感染力,是他帮着自己走过那么多的艰难。

燕小鸥跑步的时候,我也跟着她一起慢跑,再到快跑,后来便是在那条街上跑几个来回，每次经过那个大爷身边，我们一起和他打招呼，他则用不变的微笑迎着我们通红的脸。那个冬天，那张笑脸也温暖了我的心境。

后来，燕小鸥完全恢复，可是每天早晨跑步的习惯却保持了下来。第二年春天的时候，有一个早晨她回来后，对我说："街上扫地的换人了，那个大爷退休了，回老家去了！我还没来得及和他好好说说话，还没来得及对他多说几声谢谢呢！"

我说："你摔倒疼痛的时候，不和大爷说，等他走了才想起要说。其实，就算你说了，他也只能听你说，你还不知道吗？他年轻的时候服错了药，烧坏了声带，再也不能发出声音了！听说他受了不少的苦，可是从没沮丧过！"

燕小鸥的眼里一下涌满了泪水。

不过我们都相信，大爷的微笑永远不会改变，不管在哪里，不管经历怎样的事情，都会一样的灿烂。就像我小小的表妹，经历了那么多的疼痛，却从不说，只是一步一步地向前走，迎着那张温暖的笑脸。

第五辑 在心里种花，人生才不会荒芜

听闲花落地，听雨润万物，听满世界开门的声音，路过这个人间，便学会珍惜途中所有的遇见，采撷遇见的所有感动。

听雨落下的声音

　　一场突如其来的雨,把我困在了野外,幸好没有雷电,我倚在一棵很粗的树下,看着不远处的山渐渐朦胧,看着河水升腾起蒙蒙雾气。雨很大,那么茂密的枝叶也无法挡住,树下滴滴答答地下起了小雨,极细微的水滴随风扑面而来,还混杂着泥土和青草的味道。

　　渐渐地,蒙蒙的天地间一片清宁,忽然觉得,这尘世在满与空之间平衡着,满的是无所不在的雨,空的,似乎除了雨之外便再无他物。大雨掩去了太多的声音,鸟儿的歌唱,河水的轻笑,山林与风的对话,此刻盈耳的雨声是唯一的天籁。身上已被枝叶间漏下的雨滴淋得半湿,又好像雨也落进了心里,雨既在身外也在身内,在这苍茫之中,仿佛自己也化为一滴雨,正无边无际地坠落。

　　默立聆听雨声,那广阔的无处不在的声音,在我耳中渐渐地分解出许多细节来，雨滴落在泥土上的轻微声、投入河水的清脆声、敲打花叶的簌簌声……这许许多多，汇集成一种声音，那是雨落在心里时的声音。奇怪的是，这个时候，心里竟然没有任何太主观的情绪或者情感，仿佛整个心神都被雨声牵着，笼山罩水，穿花过林，或惊叹，或赞美，或轻喜，或悄愁，都是很纯粹的感受，没有依附在生命中的任何事物上。

雨停之后，万物恢复了原来的状态。便想到很多有关听雨的古诗词，都是带着或浓或淡的情感，少年听雨的得意，中年听雨的悲壮，老年听雨的超然，或者雨打芭蕉，或者夜雨敲窗，总是和自己的身世或者得失离合相关。可是，先前在雨中的我，听得那雨声，却并没有丝毫的感慨伤感，就连刹那的悲喜也是极为纯净，那是生命本来的情感，而并非从人的经历或者世事中生发出来。

忽然又想起不相关的事。当年我那么热爱写作，上班的时候，不管是白班或夜班，都在悄悄地写。零点班的时候，别人偷偷地闭眼睡觉，我却在纸上不停地写，一直写到霞光映红了窗子。那些年，几乎所有的日子都是如此，便总有人觉得我过得很苦很累。确实，在他们的眼中，我这样的生活单调而无味，而且疲惫至极。可是，我在纸上构筑着自己的理想世界的时候，并没有觉得单调无味，也没有感到疲惫，反而觉得很充实、很喜悦。

因为我在用心做我热爱的事情，所以，我会觉得快乐。而一个旁观者，他们只看到表面，以及表面现象所反映出的种种。其实,任何事物,非身临其境,就永远无法知晓个中滋味。

便一下子明白,听雨应该也是如此,你在室内听雨,和在雨中听雨,肯定是完全不同的感受。而且窗前枕畔,楼中舟上,其实人离雨很远,彼时彼境,人的心思并不在雨上,雨只是一个背景,衬托着人心里的喜乐悲愁。而当身处雨中,离雨那么近,心中只有雨,于是雨声便也纯净起来,轻敲人心底最清澈的那片湖。

我知道那样的雨可遇不可求,如果不是在野外,下雨的时候,我是不会冲入雨中去感受一番的。可是有了这样的一次经历,我却有了再下雨时跑出去的冲动。人在雨中,才是最真的雨,才是最真实的自己。

如果你遇上了那场不请自来的雨,就在雨中静静地用心倾听吧,一直听着,听到万物都沉默了,天地间只剩下雨声和你的心跳声。

世间的道理

收到一封邮件，是一个六年级的小学生发来的，他问：老师，为什么在夜里，路上有光亮的地方是水，黑暗的地方却是路？这有什么道理吗？

我愣了一会儿，才想起，许多年前，曾写过一组短文，其中有一个片段，我讲起小时候，在雨后的夜，和家人行走在坑洼不平的乡间土路上，经常踩进水里。父亲告诉我，别往亮的地方走，亮的地方是水，暗的地方是路。

由此我引申出一个道理："多年以后远走他乡，境遇黯淡，艰辛辗转，有时急不可耐地踏向看似光明的去处，却往往陷入更糟糕的处境。忽然记起当年父亲的话，才明白，不只是下过雨的夜路之上，在人生的道路上，有时那些有光亮的地方，并不一定是坦途，更可能是积水之渊。"

这个小学生，可能没有在下过雨的村间夜路上行走的经历，也没有太多的人生阅历，所以，他不懂得这前后的关联。只是，多年以后的今天，我重新看自己年轻时写下的短文，也有了些许惭愧。世间事并无定理，父辈的人，要踏进多少水坑之后，才总结出那么朴素又意味深长的道理。在世间行走的人，又要经历多少挫折，才能在回首时慨叹一番？有时候，我们由此及彼的推论，会带着很大的局限性，在不同的情境之下，同样的事情，或许有着迥然不同的规律。

就像很多事情，我们看得分明，或许只是表面而已。我们总是在以为看到了本质的时候，却忽然发现并非如此，事物似乎总有着让我们意想不到的另一面。

有一年冬天，家门前的人行道上积了很多雪，行人都是小心翼翼地走，一不注意就会滑倒。走的人多了，路面就被踩得越来越光滑。我看到一个少年，站在那儿，把那些很光滑的地方用脚来回蹭得成了冰，明亮无比。我心里很是生气，觉得现在的孩子真是不但不做好事，反而爱做坏事。就上前去责问，男孩对我的态度并不在意，只是略有些羞涩地笑，说："这些地方最容易滑倒，我把这几个地方磨亮了，别人一眼就能看到，就能躲开了！"

当时我很有些惭愧，事情的反转出乎意料，不过这个少年也是聪明的，既然路上有易滑的地方，那就干脆把那些地方弄成冰，大家就可以避开了。用眼睛看，可能一直无法知道真相怎样，所以，从现象上推导毫无道理，即使知道了真相，要推论到别的方面去,也会看似合理,却有可能也是囿于一隅。

所以,道理本身是很复杂的,我们读过太多各种各样的道理,往往只能得到一些心理上的安慰或者启示,对于实际行动,却可能百无一用。我们在书本间翻寻着道理,不如自己去走,哪怕踩进水坑,哪怕走进黑暗,也只是暂时的,自己走过的路,才是真正的道理。

于是我给那个小男生回信,说:"有什么道理吗?没什么道理!只有自己去经历,去走过,才是真正的道理。"

空山采蘑亦采心

小时候生活在大平原上,雨后也曾和家人出去采蘑菇,都是在草甸里,在树林中。那时也特别喜欢那首《采蘑菇的小姑娘》,觉得那简直是进入了一个童话般的世界,光着脚丫走遍树林山冈,而且蘑菇那么大,完全可以是小精灵们的房子。我当时对大森林的印象也是如此,高树参天,林间清净,小动物四处乱跑,野花盛开。于是心底便有了向往,多美好的画面,人在其中,定是流连忘返。

后来,辗转来到了小兴安岭,一住就是二十年。山岭连绵不断,岭上蓊蓊郁郁的森林,让人每一远眺便驰目骋怀。那个秋天,第一次和好友进入深山采蘑菇,心中满是期待,仿佛就要与近三十年前的梦想相遇。只是一踏上山坡,一进入林海,关于大森林的童话就破灭了。

确实是万树参天,只是树与树之间,并没有什么清净的小路，高树之间是矮树，矮树之间是杂草，地上不知积了多少年的落叶，极厚。更没有什么随时可见的小动物，蚊子倒是极多。提着塑料桶，从低矮的灌木丛中挤过去，向山上一步一步移动，极为费力，极其疲惫。至此，又一个童话破灭，如果光着脚丫，别说走遍树林和山冈，可能没走出几步，脚就会被扎得千疮百孔吧。

　　开始的时候，还很热情高涨，虽然幻想成为泡影，可是却有着希望，希望与美丽的蘑菇相遇。我们走的那个山坡，蘑菇并不多，总是在走了很久之后，才会遇见那么几朵。寻找蘑菇必须要细心，让目光细细地筛过每一处，特别是在落叶的混淆之下，不仔细看，很难发现。这也像极了我们追求一些事物或目标的过程，总是要历尽一些艰难，才会偶有所得，以慰劳碌。这也是一种动力，驱使我们继续追寻下去。常常是，我仔细地搜寻了某一处，没看见一朵蘑菇，就在直起身要去下一处时，忽一回头，便有一簇落入眼中。在生活中也常常会有如此蓦然回首的时刻，那是在失望的边缘，忽然于灯火阑珊处，看到了想要寻找的那个"她"。

　　我们沿着山腰处横着寻找，每采到一朵蘑菇，便收获了一种不同的心情，或欣喜，或满足，或得意，心中的繁杂渐渐如尘世般离我远去，我一点一点地采撷回了童年时的那些心情，无忧而纯净。

　　在穿山过林的过程中，经常也会遇见意外的惊喜。比如看到一只松鼠飞快地爬上树，或者惊起一只大鸟在林间翻飞。有时邂逅一树红叶，以及熟透了的不知名的野果，或鲜艳耀眼，或成串地攒簇在一起。每每此时，我都会停下脚步，尽情地观赏一番。在向着目标前进的途中，路旁总会有着令人赏心悦目的存在，停下来，用心去感受那份美，也是一种收获。只知低头赶路的人是疲累的，偶尔放牧心灵，并不是耽搁，而是休整，并不是沉迷，而是清心。从这种意义上来说，过程本身就是一种结果。

　　走了很久，我们也走得很累了，很多次席地而坐，短暂地歇息，看着桶里渐渐多起来的蘑菇，感觉心里也充实了许多。又一次歇息之后，我们拎起塑料桶继续向着某个方向边寻边走，转过几棵很古老的树，忽然，就到了一个神奇的地方。

　　那是一小块比较空旷的地带，散落着几根很粗的树桩，已不知过了多少个年头，树桩已经半腐朽。让我极为震撼的是，眼前围绕着树桩的，是大片大片的蘑菇，是蘑菇圈。竟然真的遇见了传说中的蘑菇圈！那些蘑菇大小分布，高低错落，离树桩越近便越密集，它们一直蔓延到树桩上去。树桩上的蘑菇，层层叠叠，拥挤着生长到顶部。我已经看得呆了，大森林其实并没有辜负我的期望，这里，真的是一个意想不到的童话世界。就像我们在生活中跋涉得累极倦极，仿佛路已到尽头，却在忽然之间柳暗花明，猝不及防地迈进了梦想的大门，便惊讶得如在梦中。

　　我们看了好一会儿，才蹲下身去采摘，心里的喜悦和桶里的蘑菇一起渐渐地满溢。桶满了，我们坐在依然很多的蘑菇中间，感叹着大自然的神奇。看着满满的桶，看着满地的蘑菇，虽然心中有着不舍，可我们知道，就算穷尽人力，也不可能将满山的蘑菇都采回去。而且，就算再接着采，我们也无力把它们带到山下。所以，我们毫不遗憾地带着满满的收获和满心的幸福，踏上了归程。在我们的一生中，有时候难以取舍，不是因为贪心太重就是因为欲望过多，总是将收获变成负荷。适可而止，方是恰到好处，才能得到真正的愉悦。

　　真的很难忘那次采蘑菇的经历，仿佛让生命也重走了一遍最美的那条路。我们在成长中，在生活里，遗失的那些心情、那些情怀，就像那些散落在山中的蘑菇一般，只要我们清空生命中的琐碎，让目光清澈起来，便能将那些曾经拥有的美好，一一采撷回来。

谁剥落了我心上的茧壳

一

当时车上正播放着一首老歌,窗外是八月的大地,心于歌声中起伏不定。远方,一种未知的生活正等着满怀激情的我,还有那张浅浅的笑脸。

就在那一刹那,听见车身一声闷响,烟火突起,车也向着一边的深沟滑去。一阵恐慌,大家纷纷涌向车窗。是那种很老的客车,窗子不是封闭的,于是人们奋勇争先。我本不靠窗,竟也被推挤着到了窗口。想要跳车的瞬间,看见身旁一个六七岁的小男孩,正蜷缩在那里,被人们挤得忘了哭。于是我抱起他,用力挡住后面的人,把他送出窗外。正要跳的时候,有人拉了拉我的胳膊,转头看,一只干枯的手,正从人缝中伸出来,而手上,紧攥着一个小布包。

隐隐看见一张苍老的脸，很焦急的样子。那只手将包塞进我手里，我便被后面的人推了出去。车还在向着深沟滑，人们也一个个被挤出来。我摔在地上，好容易才爬起来，左臂钻心地痛。那个男孩好像没什么事，正哭着向客车呼喊。幸好，在深沟边缘，车终于停了下来，车门也被弄开了，大家都跑了出来。

　　我忍着疼，找到那个老人，把包还给他，那个男孩正扑在老人怀里哭。老人打开包，里面有些钱，他说："你把我孙子送了出去，知道你是好人，我想，我要是出不去，你就把包给我孙子。"

　　这次事故，我似乎是唯一受伤的人，左臂骨折，且治疗不及时，导致以后都不能抬得太高，所以失去了远方的那份工作，也失去了远方的那张笑脸。可是心里并没有太多失落和伤怀，总是会想起那个男孩，想起那只干枯的手。

二

　　那一年，在遥远的他乡，一个陌生的都市，穷途末路之际，却又因病住进了医院。每日神思恍惚，万念俱灰，看着身边的病友，似乎每一个都是如此心绪。为了打发时间，我常常溜到走廊的角落里吸烟。

　　同病房里有一个十一二岁的小男孩，每次我吸烟时，都探头探脑地从门口看。渐渐地，我发现自己的烟量越来越大，总是觉得没抽上几支,一盒烟便没剩下几支。有天夜里,忽然醒来,昏暗的灯光下,只见那个男孩悄悄来到我床边,伸手拿过矮柜上的烟盒,飞快地抽出几支,便向门外走去。

我心下一惊,这么小的孩子,就知道吸烟了?男孩是陪着父亲来的,父亲手术,家里没人照顾,便跟了过来。我起身,偷偷地跟在他后面,他跑到走廊里,把那几支烟扔进垃圾筒。我心下释然,却又涌上疑问。男孩忽然转头看见我,一时惊慌不知所措。我冲他笑笑,他才慢慢来到身前,小声说:"叔叔,我偷你的烟扔掉,是不想让你抽太多!"

我问:"为什么呢?"他说:"吸烟多容易得病。我爷爷就是吸烟太多,才得病死的。"那一刻,看着他闪闪的眸子,心里忽地涌起一阵感动。

那以后,虽说没有戒掉烟,可是却戒掉了在黯淡境遇中愁苦无望的心境。世间总是有温暖的吧,水穷云起,只要不灰暗了心中的希望,再深沉的夜里,也会看见闪亮的星光。

三

在世间挣扎辗转多年,为冷漠的世事而冷漠了自己的心,在挫折与磨难中,心上结了厚厚的茧。再不会有少年时不经意的悄喜轻愁,也不再轻易为什么事情而感动,仿佛只有这样,才能将自己保护得很好,才能经受住那些不期然的伤害。

可是,在一个无眠的夜里,细数前尘,才发觉,原来曾经的那些苦与痛,不知何时已化作回首时的美丽烟云,原来,苦难也可以被时间还原成一份美好。就像在来路上不经意落下的种子,在回望时,已开成花香满径。风霜侵染的岁月,也只是生命中灿烂的点缀。

那个夜里,那个瞬间,那些心上的茧壳,剥落一地,却绽放出朵朵美丽的花。

蚁如云

淘来几本很喜欢的旧书,是绝版的诗词辑本、诗话词话一类,泛黄的纸页仿佛栖满了时光,一个个繁体字透着古意。我轻轻地翻看《宋词三十家》,怕一不小心弄破了薄脆的页面,碎裂了岁月深处的情节。

在书的扉页上,有用钢笔写上的三个字——蚁如云。墨水的蓝色已被光阴冲淡,这三个字仿佛有着一种魔力,越看越是让人沉浸其中,好像有着一种美、一种感慨、一种领悟。蚁如云,如果放在宋词里,定然也是让人悠然神飞的一句。生活在纷杂的尘世间,我们大多平凡如蚁,每日东奔西走,其实目的很简单,只是为了温饱而已。劳碌的我们也许早已忘了曾经的梦想,却依然执着,即使跌倒受伤,即使坎坷磨难,也是擦干泪也擦干血,继续过着平凡的一生。

儿时就曾仔细观察过蚂蚁,看它们怎样在大地上书写传奇与感动。它们可以叼着很重的东西奔走，也可以成群结队地抬着一条虫子，我甚至还挖开过曲折复杂而幽深的蚁穴，只为看看蚁后是怎样繁殖这许多的后代。无数的蚂蚁抬起蚁后转移，更多的蚂蚁各自带着一只卵紧随其后。多年后的回忆冲不淡曾经的愧疚，那一个小小的国度，或者大大的家园，就毁在我的手里。每一只蚂蚁似乎都浑浑噩噩，出于本能地觅食和工作，然而更多的蚂蚁聚集在一起时，就有了很高的智慧，做什么都快速而有序。

我也看到过只剩半截身躯的一只蚂蚁，怎样衔着食物继续前行。也看到过滔滔的洪水中，漂来足球大的一团蚂蚁，每漂一会儿，就会有一层蚂蚁脱落，到了岸边，只剩下拳头大的一团，而幸存的这些，多是幼蚁。

这些在我们眼中看似卑微的生命，却有着同样的生存与繁衍的本能。凡尘人似蚁啊，在平淡平凡的背后，有着多少同样的触目惊心。蚂蚁们如云聚云散，在大地上生生不息。想想这半生，奔波劳碌，经历过太多白眼冷遇，也遭受过太多有意无意的伤害，想起童年时看到的那只拖着半截身子爬行觅食的蚂蚁，心里既有无奈与悲凉，也有希望和力量。

翻看那几本旧书，发现每一本上，都会写着"蚁如云"三个字。忽然想到，这或许是一个人名吧？赶紧查询了一下，还真有"蚁"这个姓。虽然可能是个人名，可我并没有失望，于是开始想象这是怎样的一个人。从这三个字的字迹来看，应该是一个女子,字体刚柔并济,有几分飘逸,且书写年代久远,应该是一个年纪很大并心若烟云的女子。这也许是她经常读的一些书,只是怎么会流落出来呢?遥想这个女子的一生,或者人如其名,于平凡中坚守着什么,或者是学者教授,在闲里光阴饱读诗书。总之,无论怎样的生活,怎样的一生,她应该都是静而美的。

在《岁寒堂诗话》一书最后的空白页上,竟然用钢笔字写着一大段话,依然是同样的笔迹,我深吸了一口气,慢慢地读。

余居闽江之畔,转眼五十寒暑,自双足俱废,未尝去庐十丈。幸有清岚澄月,竹雨松风,足畅胸怀。故可日日伴诗书、亲笔砚,或素琴金经,而寂然无邻,幽思弗远不至。忽忽老矣,更抱恙难痊,近日觉大限将至,物化不远,故尽遣藏书,且待有缘。念此一生,人如其名,无悔而有叹。

蚁如云。一九九八年夏。

至此,虽寥寥数语,却道尽了一个残疾女子悠然平静的一生,二十五年过去,想来那女子早已化作她流连的清岚澄月和竹雨松风了吧。只是我何其有幸,这几本书是怎样跨过长江,又渡过黄河,再越过山海关,到了我的手里。特别是那本《岁寒堂诗话》,让我看到了那个女子的情怀。我不知道这些书中间辗转几何，经多少人的手与眼，也许那些看到这段话的人，都会有着同样的感慨与遐思吧。

掩卷神飞，窗外的墙上，一只蚂蚁衔着一支细细的花蕊，正努力地往上爬。蚁如云啊，其实在这短暂的世间，每个平凡的人，都如天上云。

一堵墙对另一堵墙说什么

许多年前,邻家有两个很奇怪的孩子,哥哥八岁,妹妹六岁。由于是新近才搬来我们村,因此和大家都不熟悉,两个孩子便自己在家玩儿。我经常会听见他们两个在院子里吵吵闹闹,有时候听得有趣,便坐在墙头上看他们玩儿,他们也不在意。

两只燕子落在电线上,叽叽喳喳地叫,他们俩就会开始猜想燕子在说什么,各说各的,且都认为自己猜的是对的。直到两只燕子飞走了,他们才停止争论,不过依然谁也不服谁。然后哥哥出主意,各扮演一只燕子,看看谁说得更对。于是他们的声音越来越高,语速越来越快,起初尚能分辨说些什么,后来便完全失控了,我捂住耳朵,他们才笑着跑回屋。

初夏的时候,邻家墙头上的花开了。两个孩子又有了新的目标,看着在风里摇动的花朵,他们突发奇想,开始辩论一朵花对另一朵花说些什么。于是他们又分别扮演一朵花,之前还在为谁是那朵更好看些的争执了半天。我的耳朵又迎来一大波噪音，待得风平浪静，我放下手，只见两人正在互生闷气，看来又没分出胜负。

忽然一只蜜蜂落在一朵花上，妹妹眼睛一亮："咱们问问蜜蜂，看谁说得对！"

"可是，咱们也听不懂蜜蜂说的话啊！"

"那，找个人扮演蜜蜂不就行了？"

两人的目光都投向我，我吓了一跳，赶紧从墙头上跳回院子，他们的笑声紧跟着我从墙头上飞过来。

就这样，邻家院子里每天都上演着一出出闹剧，他们几乎化身成所有能看见的东西。秋天的时候，哥哥上学了，妹妹自己在家。本想着能消停了，可是只几天的工夫，便又喧嚷起来，妹妹自己扮演起那些东西，然后和另一些东西对话。或者一会儿自己是这个东西，问一句，再赶紧转换成另一个东西来回答。我看得纳闷，自己和自己还能玩得这么热闹，真是没见过这样的小孩。

哥哥放学回来，给妹妹讲课文，于是就有了新的内容，他们分角色读课文，虽然之前哥哥一遍遍地教妹妹，可是妹妹经常记不住，于是就开始胡说一通，气得哥哥直想打她。最后，我都懒得看热闹了，连他家的那条花狗都躲得远远的。

这两个孩子自己玩得开心，便不怎么和村里别的孩子一起玩，虽然后来都熟悉了，可是他们似乎只留恋自家的院子。一直到我家搬离那个村子，两个孩子都是存在于他们自己的世界里。

后来，便是匆匆的日月流年，偶尔会想起那两个孩子，便觉得岁月深处有一片不散的笑声。我原以为这会是一种纯净的美好，不会改变，只是，一次相遇，却又让我在回忆中体会到了一种苍凉的意味。

回故乡扫墓，晚春的风里飘荡着回忆的味道，在故园外徘徊，曾经的家园，早已更名换姓多次，熟悉中是无所不在的陌生。这时邻家走出来一个男人，我们互相看着，直到彼此的面容与遥远记忆中的重叠起来。当年的哥哥也已长大成人，在他家的院子里，依稀还有着过去的影子。回想曾经的种种，我们都感慨万千。两只新归的燕子正在檐下忙碌，欢快地叫着。

我笑问："这两只燕子在说什么？"

他一愣，被时光的尘埃遮掩住的眼睛亮了一下，随即便熄灭了。他无奈地摇头，掉落一地的沧桑。慢慢地聊着天，听他讲这三十年的过往，便感觉生活的厚重无所不在。

临告别的时候，看着他家新砌的院墙，想起曾经看过的一个故事，便指着东院墙和南院墙，问："你知道一堵墙对另一堵墙说什么吗？"

他愣了一下，满脸的茫然，我笑："说的是，墙角见！"

可我的心里却多了一份沉重。他刚才说，他不会与人相处，身边的人都讨厌他，甚至给他设置种种障碍。有时他也想改善和他们的关系，可是却发现自己和别人根本没有可以沟通交流的地方。他说，可能是因为小时候太过于封闭自己了，才导致这样。

他从小就能和虫儿鸟儿交流，甚至和无言的花草交流，怎么和活生生的人就不会交流了呢？两堵冰冷的墙都可以找到沟通的地方，更何况有血有肉的人呢？我一时也想不分明，只觉得时光改变了很多东西，无可奈何。

　　送我到院门口的时候，他忽然笑起来，不是那种苦笑，而是很开心的笑。他说："刚才墙角见那个问题，要是问我妹妹，她肯定答得上！她一直都那么好问好动的，和小时候一样，总是自言自语的，她人缘好，大学毕业就留在了外地，现在过得可好了！"

　　我也笑了，也许，这是遗憾中最难得的一份温暖了。

开门的声音

一

你从没有忘记过最初的梦想,即使世事中有着太多不能预料的种种,你都不改初衷地走下去,向着心底的方向。

那条路曲曲折折,甚至兜兜转转,有时候眼睛已看不清方向,可你的心却有着既定的目标,所以千山万水也不能阻挡你的脚步,回望来时路,你的脚步与大地的吻痕正蜿蜒着,铺展成一种风景。

那条路的两旁经常会有一些美丽的所在,想要牵扯住你的目光,更想要牵扯住你的脚步。更有一些路从这条路上分离出去,望过去,那些路更为平坦,两旁的风景更为动人,而远方的一些云雾正幻化成梦想的形状。你并不为所动,偶尔短暂地停留,也是为了休憩身体和灵魂。

你一直在赶路，可是路上却经常出现一堵堵冰冷的墙。你用执着去叩响那些墙，你用努力去叩响那些墙，你用生命去叩响那些墙，每一堵墙上都打开了一扇门，伴随着你的，是不断的开门的声音。

你穿过一扇又一扇的门，终于，在前方出现了一所房子，你兴奋而幸福，你知道，那是梦想中的家园，是心灵寻找的故乡。你走近它，去推开那扇大门，开门的声音无比悠长，响彻了整个生命，然后，你大步走了进去。

二

我当年高考，还是考前报志愿。填报志愿的时候，看着厚厚一大本各类高校的简介，以及历年来在本省的录取分数线，可能大部分人都一样，并不是挑选自己喜欢的，而是选择那个更可能考上的。就这样上了一所并不喜欢的电力院校，毕业后又进了不喜欢的电厂，一错再错，一误再误，却又如身陷泥淖无法自拔。

命运经常是这样，面对许多扇门，我们总是挑选容易进入的一扇，而非挑选喜欢的一扇。然而进去的时候，开门的声音却如丧钟响起，埋葬了一生的梦想。

身在不喜欢的生活和环境之中，度日如年。而且那种生活有着巨大的同化力，总是引诱着我随遇而安、随波逐流，觉得这样度过一生也很好。我努力抵制着诱惑,努力忍耐着寂寞,在许多不解的目光中,坚持着自己的文学梦想。

一年又一年,十年就这样过去了。当我终于酝酿到了一个极致,便毅然地辞了职。离开轰鸣的电厂,我仿佛听到了一声最动听的开门的声音,我从困囿中走了出来,走向了广阔的自由。

走出来后才发现,那扇桎梏着我的门其实并不难打开,围困着我的,其实是自己的胆怯与顾虑。就像很多事很多困难一样,看着千山万水,其实一步就跨过去了。

只要有足够的勇气与信心,就会走出那扇门,走进想要的生活。

三

他笑着告诉大家,他的一生就像一个作茧自缚的过程。有人笑问,那有没有破茧成蝶?他说,不一定成了蝶,也不一定破了茧,不过却是自由了。

他是一个极为专注的人,特别是做着自己喜欢的事情的时候,几乎可以与世隔绝。他研究的是一种很冷门的学问,很小众,人们并不一定喜欢和理解,可他却很喜欢,每日里埋首于浩瀚的资料典籍之间,乐此不疲。他根本不在乎世界怎样、社会怎样、人情怎样,只在自己的天地间流连。

日日月月年年,他就这样给自己构建了一个封闭的空间,不愿走出去，也不想走出去。直到某一天，他如梦初醒。他突然意识到，自己研究多年的东西，很可能会一直躺在厚纸堆中无人问津，这不是白白浪费生命吗？于是他开始通过各种渠道宣传，并去一些大学或者图书馆举办深入浅出、生动有趣的讲座，还在网络上广为普及，于是渐渐打开了局面，他和他的学问得以广为人知。

他说："我给自己建造了一个封闭的世界，幸好最后我又在墙上开了无数扇门！"

能停下来，自我封闭起来，再走出去，那么，开门的声音，心跳的轰鸣，还有清脆的足音，就会交织成生命中无悔的旋律。

四

你，我，他。我们都一样，在一扇扇门之间进进出出。

想知道当初进的是怎样的一扇门，就看看身处的世界；想知道曾经错失过怎样的一扇门，就看看心底的梦想。

我们都喜欢开门的声音，只要那扇门背后，是向往的世界和生活。

就像在每一个早晨，朝花带露，新柳扬风，金色的霞光叩开了光明之门；就像每一个夜晚，星光月色叩开了美梦之门。

就像行走在冬季的边缘，大地上的积雪不停地燃烧，阳光叩开了春天之门;就像夏天的热情消尽,庄稼成熟,果实累累,西风叩开了丰收之门。

就像心跳叩开了希望之门,就像希望叩开了梦想之门,就像梦想叩开了无悔之门。

多好的人间啊,满世界都是开门的声音。

暗里忽惊山鸟啼

上学的时候，每个清晨都是在闹铃的刺耳声中惊醒，只是那时青春年少，虽然很想贪眠，却依然起来精神百倍地去上学。及至工作以后，特别是倒班的时候，每天上班或清晨，或傍晚，或午夜，闹铃依然准时响起。虽然已不是学生年代那种古老的闹钟，手机上的闹铃也可以调成各种声音和音乐，却依然是那么惊心。醒来要愣怔好一会儿，才无精打采地去上班。

更早的时候，家在乡下，每天很早的时候，就会被公鸡的打鸣声唤醒。然后继续睡去，续那未完的梦。似乎并未过多久，院子里便一片欢腾，管闲事的花狗，嗷嗷求食的猪，大叫的鸭子，声音高亢的大鹅，还有檐下忙碌的燕子，聚集在树上的麻雀，再度把我从梦里拉回这个热闹的人间。自然的声音，是唤醒，而非惊醒，就像儿时母亲在耳畔轻轻地叫着我的名字，那声音悄悄地进入梦里，把我轻轻地带出来。

后来有了智能手机，闹铃声可以用世间任何一种声音，只是，即使那些声音再以假乱真，我依然觉得自己是被惊醒，而非唤醒。或许，已和声音无关，只和自己的心情心境相关。在世事的劳心费神中，有时候只想躲进梦里，不想醒来时面对又一天的忧烦如故，所以，怎样醒来，都非自然。

闲读宋人姜夔的思人之作《鹧鸪天》，其中有两句："梦中未比丹青见，暗里忽惊山鸟啼"。意思是说，在梦里见到了那个人，却是如此模糊，没有画中那么清晰，而即使是这样一个并没有多少细节的美梦，也常常被山鸟的啼鸣惊散。当深深的思念化作一个可遇不可求的梦，总是不愿醒来，这样的时候，任何一种唤醒，都会是满心失落。

而在我的想象中，被山鸟的啼鸣唤醒，该是多美的一个场景，张开眼睛，处处闻啼鸟，多灿烂的一个早晨。哪怕是再美的梦被中断，也该没有懊恼吧，因为梦里梦外都是美丽的。

没想到后来真的有了一次这样的体验。那时候一个同学家里有一片山坡上的果园，我们去他家玩儿，晚上住在果园旁的房子里。早晨的时候，不知有几百只鸟的啼鸣从窗口涌进来，把我们梦的大门撞开。走出门，清新的阳光和空气在林间弥漫，似乎每一棵树上，每一根枝上，都垂落着鸟鸣，更有许多飞鸟的身影穿梭其间。真的是比梦里还要美，如果每天清晨都能在这样的鸟鸣中醒来，也许就不会再那么留恋梦境吧。

可我知道，即使在如此美妙的环境中，也还会有人愁眠，有人在烦恼中惊醒。环境是一方面,心境更是重要,心里拥挤的东西太多,即便给一对翅膀,也无法轻盈地飞翔。

多希望,我能拥有一所安静的房子,拥有一份悠然的心境,笑看尘世纷扰。多希望,在每一个梦的门口,等着我的,是一片欢然的鸟啼,是一个美丽的人间。

半幅

"幅"字,总给我一种或古典飘逸,或时光重叠的感受,很少会有某个字让我体会到这样朦胧却又具体的意境。

半,也是我很钟情的一个字,因为它蕴含着许多玄机,也深藏着许多至理。

这两个字相遇,就生发出许多美好的想象。

第一次是读杨万里的诗句,"借令贵杀衡阳纸,半幅无妨慰梦思",欣喜之意在心底流淌。原本就喜欢诗词曲赋,于喜欢之中再遇见喜欢的两个字,便觉得似乎是宿命的安排。及至读到张可久散曲《迎仙客》中的句子,"半幅青帘,五里桃花店",更是悠然神飞。半幅青帘,五里桃花,这是怎样美的一颗心,遇见了怎样美的一个春天?

读陈与义的诗句,"窗间光影晚来新,半幅溪藤万里春",这是描写水墨梅花的画卷,溪藤是指剡溪纸,只半幅墨梅,却在诗人的眼中生长出万里春光。就像"半幅"这个词，总能在我心底酝酿出无边无际的想象。

记起生活在乡下时，夏天的中午，我们都躺在炕上午睡，窗子敞开着，偶尔溜进来的风带着南园果蔬的清香。我总是不肯睡的，又不想走进外面阳光的海，只能让不安分的目光从窗口跑出去。现在想来，除了偶尔从燕巢里落下的呢喃，檐下还经常挂着半幅闲云。那云是悠闲的，白得亮眼，在檐下露出半幅，渐渐地越来越小，如一抹裙裾划过檐角，只余一块空荡荡的蓝天。

多年后的回望中，除了檐下那半幅闲云，还有墙上那半幅花影。那是南园墙头上的一株扫帚梅，总是被倾斜的阳光把影子画在墙上，虽然只有半幅，却花叶分明，并微微摇曳，它在墙上慢慢地爬行，爬着爬着就变了形，渐渐地爬进那一片阴影里。就像我的童年，前一刻还无忧无虑着，后一刻就隐进岁月深处。于是在回忆里，童年是半幅古老而朴素的画。

如今重新翻阅过往，只觉记忆如曾经的檐下云墙上影，都只剩下半幅，而这剩下的半幅，似乎也在慢慢地消散。如果有一天我走到生命的尽头，最后一次回望前尘，这一生的光阴是否也只消瘦成半幅残卷？

我曾在朋友家里看到过半幅古画，只剩一半的画面上，是一片草地，远处有山影，草地上有半幅绿罗裙，不知怎的被斜斜地撕去或者剪去了，左上角有两句牛希济的词："记得绿罗裙，处处怜芳草。"当时我凝神很久，半幅古画，半幅草地，半幅罗裙,看着看着便若有所失,忽然发现,我的心也丢了半幅,圆满不出太多缺失的情节。这也许是永远的遗憾了,可是,也许正因为缺失,才会让生命生出太多的想象与期待。

虽然在半世风尘中,丢失了太多半幅的珍贵,也尘封了许多心中的感受,可幸好我还剩有半幅美好的心情,去写下许多美好的遇见。

七岁的四次眼泪

七岁的她左手提着一个小筐,筐里放着一把小小的夹把刀,右手牵着四岁的弟弟,慢慢地向村西的野地里走着。阳光和小河流淌在四月末的大地上,天地间的风四处捡拾着从高空掉落下来的布谷鸟的叫声,也把刚刚走过去的两个大妈的对话吹到了她耳畔。

"老王家的小丫头又去挖那个什么草给她妈治病了,唉,可怜的两个孩子!"

"是怪可怜的,她妈妈的那个病,也就是数日子了……"

她从中听到了怜悯和感叹,也听到了绝望,她拉紧弟弟的手,走进那片绿意盎然的田野。她蹲在地上仔细寻找,每找到一株,就小心翼翼地连根挖出来,再放进小筐里。弟弟在一旁找蚂蚁,一边玩儿一边问:"妈啥时候带咱们去姥姥家啊?"她也不回答,弟弟问得紧了,她就抛了刀,紧紧抱着弟弟,像是对听不懂的弟弟说，又像是对自己说："我也知道妈的病治不好……可我怕我不挖了，妈的病会更厉害……"她的眼泪一颗颗掉下来，砸在刚露头的小草上。

弟弟没有看见姐姐的眼泪，很快就被一只爬虫吸引了心神。她擦了擦眼睛，抬头看了看地平线，又弯下腰仔细寻找。

这是她七岁那年的第一次流泪，心底的担忧、恐惧仿佛也随泪水蒸发了许多。她的希望又生长起来，就像眼前正渐入佳境的春天。更多的时候，她在心里给自己勾画着一个美好的场景——明年春天的时候，当大地上的野花都开了，妈妈就好了，就会带着她和弟弟，去采野菜，去田里干活。

可是还没到秋天，妈妈就走了，走得那么远，远到她这辈子也找不到、看不着了。妈妈去世的那段时间，她只哭了一次，哭得心都缺失了。她知道从此再也没有妈妈了，自己和别人家的孩子不一样了。再学到和母亲有关的课文，或者看到有关母爱的故事，甚至看到别人家的孩子和妈妈走在一起，她都会觉得难受。那一刻，她知道自己长大了。

秋天快结束的时候，爸爸有事要进城两天，嘱咐她在家带好弟弟。弟弟其实一直挺乖的，也一直很听她的话。可是那天，弟弟忽然开始找妈妈要妈妈，哭闹个不停，她怎么哄也不管用。最后她只好背着弟弟出去走走，弟弟在她的背上还在说着找妈妈，说得她心里也痛起来，淌了满脸的泪。弟弟摸了一把，说："姐，你的脸出水了！"

最后，她背着弟弟来到妈妈的坟前，四周的草已经枯了，西边来的风翻阅着每一寸荒凉。弟弟竟然知道这里，他告诉姐姐，听姥姥说，妈妈在这里面睡着了，醒了就会出来了。然后他趴在坟上，小声地喊："妈，你快醒啊，天都亮了！妈，你醒醒啊，我想你了！"

她再也忍不住，也喊了一声："妈，我想你了……"和弟弟一样扑在坟上，泪水一颗颗掉下来，砸在还很新的泥土上。

她牵着弟弟的手往回走，弟弟不哭不闹了，也不用她背着了，他一个劲儿地回头看，他多想妈妈忽然就醒了。他们默默地往回走，走向那个没有了妈妈的家。

这一年的十二月，爸爸带着她和弟弟搬家了，搬进了城里。走之前，爸爸带他们去给妈妈上坟，告别。她和弟弟这次都没有哭，她只是站在那里，站在淹没了双脚的雪地上，想象着春天的时候给妈妈寻找治病的草药的情景。弟弟小心地把坟上的雪扒开了一块，轻声地喊："妈，你快醒醒啊，咱们要搬家了……"

离开的那天下着大雪，亲戚开着一辆小货车来接他们。她和弟弟坐在后排，看着窗外飞舞的雪花，看着熟悉的村庄如时光一般纷纷倒退，她心里一片空白。当经过母亲的坟前时，她隔窗远远地看着，心里一遍遍地喊着"妈"，直喊到一切都遥远了。

她不知道，在城里，有着怎样的生活在等着她，可她却知道，这辈子，她都会记得七岁那年流的四次眼泪。

最暖的痕

一

很多年前,我在小城文具店里遇见一个六十多岁的老人,他穿得挺好,从口袋里掏出一卷零钱放在柜台上,营业员笑着问:"大爷,您又来买钢笔了?"他也笑,很自豪地说:"我闺女考了第一名,我早就说要奖励她一支新钢笔!"

待他走后,我带着疑惑问那个营业员:"刚才的大爷,他女儿多大啊?"营业员告诉我:"这个大爷这两年中每隔一段时间就来买钢笔,说是奖励考了第一的女儿,每次问起,他都说上小学四年级,很奇怪。"我猜想,他可能是在资助一些困难的儿童,把那些学生当成了自己的孩子吧。

两个月后,我在街上遇见了那位买钢笔的大爷,他依然穿得挺好,只是腋下夹着一捆纸壳,另一只手提着一捆废纸,正急急忙忙地往不远处的废品收购站走。看来这是一个闲不住的老人，可能也是为了多挣点钱来帮助别人，看着他的身影，我心里流淌着暖意。

第三次见到他，已是冬天了，在一个胡同口，他穿着崭新的军大衣，也是夹着捆纸壳往外走，一个中年女子追上来，拽着他让他回家。他孩子般倔强，拉扯中那捆纸壳掉在地上散开。猛烈的北风里，大爷愤怒了："我又不认识你，你拽我干啥？我还要卖了钱给我闺女买钢笔！"

那女子一下子哭了，说："爸，你咋就不认识现在的我了啊！"

二

公园里，几个男人聚在一块儿聊天，我在一旁很有兴趣地听着。聊着聊着，他们就说起了自己的孩子，并不是炫耀攀比，而是讲起了他们当年出差回来，或者在外地工作很久了回来，孩子是怎样的惊喜。

好几个人讲着，他们久别归来，带着孩子最盼望和喜欢的礼物，孩子是多么欣喜和幸福。其中有个男人一直没有说话，当别人问起时，他说，当年他一直在外地工作，每年就回去两三次，当时女儿才三四岁。每次回去，他也同样会买一些女儿喜欢的食物和玩具，每次到了家门口，他喊一声女儿的小名，女儿就会飞快跑出来，看也不看那些食物和玩具一眼，而是大声喊着"爸爸",然后张开双臂让爸爸抱抱。

大家听了都深有同感,脸上流露着亲切的幸福微笑。那人继续讲,抱着女儿,他感觉幸福的同时也有着担忧,他怕等女儿长大后,见到久违的爸爸,会像身边很多的成年女子一样,不再如童年时那般直白地对爸爸表达情感,或者是只对礼物感兴趣。幸好,虽然如今女儿长大了,成家了,可每次他去,女儿还是看也不看他拿的东西,而是依然叫着"爸爸",像小时候一样对他张开双臂。

这时,大家都沉默下来,也许是想到了自己已经长大的孩子。而我,为这个父亲的幸福感动了很久很久。

三

那一天,我远远跟着那个老人,从公园到河边,从河边到老年娱乐中心。看着他和一群老伙伴畅谈,看着他面对一河流水出神,看着他气定神闲地和别人下象棋。我捕捉他每一丝神情,凝视他每一抹笑意,猜想他是怎样的心境。

最后我又跟着他从棋牌室出来,下午也快到了尽头,我看着他渐行渐远,走向城市里的某条街某间房子,心底翻涌着许多往事。

那一天,我跟着那个老人很久很久,只因为他长得很像我的父亲。而我的父亲,离开我已经八年了。

岁月的书签

十岁的我坐在野外的树下,树荫外阳光明媚。家里养的那一百多只小鹅正在草地上或者小河里小憩,六月的风偶尔会抢着翻我手里的书页。书是父亲从城里带回来给我的,我爱不释手。偶尔停下来看看那些鹅,心却依然在书的情节中浮沉,收回目光,从枝叶间漏下来的一缕阳光正落在书页上。很久以后,我不记得书的情节,却依然记得那缕阳光。只是却再也没有了曾经的那本书,让我重新翻开,去寻找有着阳光芬芳的那一页。

那时的我特别爱看书,姐姐们的语文和历史课本我都已经翻遍,家里的那些书也都看得差不多了,连小人书都积攒了很多。我甚至还去村里有书的人家去借,总觉得有多少书都不够看。那时还根本不知道书签是什么,经常是读到某一页停下了,就随手折一页角。

我更愿意在外面看书,或者檐下,或者院墙上,更多的时候是在野外，河边树下、草丛中、高坡上，都曾留下我看书的身影。我多么喜欢那样的场景，抬起头，书中的美好还在心头缠绕，眼前或是杨柳依依，或是河水潺潺，或是飞花满天，或是蜂鸣蝶舞，或是鸟啼云起，总能让我有一种亦真亦幻的感受。我还在一个有很大很圆的月亮的晚上，在院子里看书，乡下的月光是那么亮，点亮书上的每一个字。虽然眼睛看得很累，却别有情趣，心情也如月光般轻柔，却又无远不至。

当年的书，在多次搬家的流离中绝大多数都遗失了，幸存下来的一些也已在岁月中泛黄，甚至有的字迹也已漫漶。它们也许并没有什么收藏价值，可曾流连过我那么清澈的目光，曾起伏过我那么纯净的心情，已是我生命中不可分割的部分。

搬回家乡的城市后，整理旧物，那些书也被我翻了出来。那个晚上有月临窗，想起曾经在老家的某个月夜看书的情景，于是翻找那些书，想在书页间寻找月光的痕迹，想记起那个夜里看的是哪一本。可是书页间都是时光的烙印，凝固着我太多少年时的目光。虽然没有翻找到月光，也没有找到曾经的那缕阳光，可是却看到了一些别的东西，唤醒了我许多沉睡的情怀。

在一本名为《小商河》的小人书里，夹着一小簇被压平的柳絮。轻拈起来，忽然想起那年初夏午后，我用一本小人书和别人换来这本《小商河》，急急地跑到村西河边那棵柳树下，看得那么投入，时有柳絮从头顶飘落在书页上，又被长风送走。眼前的这一小簇，定然是留恋着未肯离去的，或者是我翻书间被困囿在里面的。

彼时我根本没有注意柳絮，正为书中的情节而震惊，而心神荡漾。

夹着一片花瓣的《故事会》，那是我坐在杏树下看书时，不经意间收藏的一个迟到的春天。而一本《儿童文学》里栖着蝴蝶的一只斑斓的翅膀，是我在南园捡到后夹进去的，那时确实有人把蝴蝶做成标本夹在书里，许久以后还栩栩如生，可我却不愿意那么做。花瓣已经干枯成暗淡的浅粉，却生动过一种心情、一段时光；那一只蝶翅飞舞在字里行间，就像我年少时的心，还在遥远的光阴里恣意地飞。

还有《小学时代》杂志里的两片树叶，就是很普通的杨树叶，我记起当时是初秋，有一片黄叶落在书页间，我又爬到树上摘了一片依然绿着的叶子与它做伴。两枚叶子依然脉络分明，多希望我的心也能如树叶一般，不管几多纵横，回望时仍然能看清所有的情节和细节。

我翻着那些书，还想从中找出当年收藏进去的鸟鸣或者流水的声音，却什么也没有，或许它们一直在那里，却再也不会与我蒙尘的心相遇。可是我却在一本书的书页上，看到了一缕泪痕。我知道那一定是泪痕，是我流下的泪。那是一本《中篇小说选刊》，留下泪痕的那几页，是路遥的中篇小说《人生》。拿着这本书，曾经看书时的感动与遗憾依然那么清晰，却又遥远得像隔着沧海桑田。

其实那些书里夹的实物很少，随手翻看，更多的是当年留下的一角角折痕。如今那每一条折痕都成了岁月的书签，记录着许多眷恋与心情。

去不了的远方

旧时光里的远方其实并不远,不像现在互联网和交通这般发达,天涯咫尺。那时觉得相距三里地的邻村就挺远,而十八里外的镇上,就更远了,至于四十多里外的呼兰县城,则很有些遥不可及的感觉。

现在还常和老叔说,当初距离老叔的村子才六里地,如果放在现在,每天都能去一次,可当年,却觉得那么远。那时放假了,我会和姐姐去老叔家,穿过无数片农田和小树林,走过马车走过的大道,走过林间小路,也走过庄稼地里曲曲弯弯的田埂,直到觉得走了很久很远,才走到老叔家门前。

所以到县城那么远的距离,除非有特殊情况,就很少有人去了,偶尔有事,也是写信。那时父亲经常给远方的亲朋写信,每当收到回信,看到信上的日期,想着一封信居然走了半个月才走到我们的村庄,便觉得天遥地远。曾经有一个松花江南岸的亲戚，步行了一百多里来我们村串门，我当时特别羡慕，也很想用自己的脚步去丈量远方。可更多的时候，我只是把目光飞向每一片未知，或者寄心于天上的雁阵，想着它们跨山越水地去远方寻找春天。

每年的春天，镇上都会开运动会，每个村的学校都会参加，那是当时的盛事。每次去参加运动会，都是姐姐骑着自行车带我，十八里土路，车轮碾过阳光和树影，穿过几个陌生的村子，我的眼里铺展开的全是惊奇与惊喜。运动会休息的时候，我会去镇上的小火车站，看着长长的火车开向远方，火车扯断了我的目光，却带走了我的心。

大姨家那时住在县城，我们最欣喜的事，莫过于母亲带我们进城。常常是一夜睡不好，盼着天亮，然后和母亲步行十二里到通往县城的公路上等车。大客车极破旧，肚子里挤满了人，四十多里的沙石路并不平整，我却于颠簸中让目光穿过人丛的缝隙，跟随着窗外倒退的风景。想象着县城里的楼房汽车，心快要飞了出去。而那一年冬天，父亲带我去哈尔滨的一个亲戚家，越过了松花江，我才觉得更遥远。现在想来，那时的父亲是多年轻啊，在哈尔滨火车站前，我与父亲的合影，已成为生命中永远的眷恋。

有一年的腊月，父母带着我，去相隔更远的另一个城市肇东看望我的姨奶。步行至公路上，坐汽车到呼兰县城，从县城乘绿皮火车到肇东。火车极慢，见站就停，我坐在窗后看着深冬的大地雪野，看着炊烟笼罩的村庄，想着自己在去远方的路上，便满心憧憬，不知在长长铁路的那一端，有着怎样的喜悦在等着我。只是，一直到了夜里，火车才晃荡到肇东城里，当时已没有了去乡下的车，我们只好住了一宿旅店。那也是我第一次住旅店，辗转难眠。第二天正是腊八，极冷，早早坐了汽车到下面的一个镇上，然后又步行去姨奶家的村子。旷野里北风无遮无拦地刮，刮得鼻子脸生疼，又飘起了大雪，每一步都走得吃力。冷得实在受不住时，我就会用力奔跑一会儿。

如今回望，当年确实觉得那么遥远，火车汽车加上步行，走在寒冷的冬天里，走在无边的风雪中。当我坐在姨奶家滚热的炕头，还有种不真实感，我居然到了这么远的地方。而回想家乡的村庄，忽然就成了远方。于是思念更强烈，开始盼着回家。

真正意义上去远方，还是上大学的时候，父亲送我，我们坐着火车去沈阳。十多个小时的时间，跨过松花江，奔驰在东北平原上，那么多的城镇化作眼中匆匆而去的风景，让第一次出远门的我尽情地驰心骋怀。一直都记得那样一个场景，火车缓缓经过一个村庄，村庄被八月渐熟的庄稼和成群的杨树拥抱着。忽然，在一扇简陋的木门前，在一棵年迈的树下，一个孩子倚在那儿，看着我们的火车，目光清亮。刹那间，我仿佛看到多年前的自己，在镇上痴痴地看着火车的样子。火车拉长了男孩目光里的向往，渐渐远成我心底不散的画面。